I0647198

El NIÑO DE LA CASA DE BAMBÚ

Memorias de mi pasado

Autor

Virgilio Yaxon

Esta historia está basada en hechos reales

Dedicación:

Con sudor, hambre y falta de sueño, mi libro está dedicado a mi pasado, mi presente;mis padres y mi cultura maya. Deuda gratitud a mi maestra Vilma, por inspirarme cuando no supe afrontar mi vida porque crecí pobre y no tenía ni idea de cómo sería mi futuro. Pero ella me enseñó que no tiene nada que ver con quién soy y que puedo hacer cualquier cosa cuando me lo propongo; también me ayudó a ver que podría superar cualquier obstáculo que se presentase a una edad muy temprana.

Ella me enseñó a entender que todos tenemos dificultades y las podemos superar cuando hacemos el esfuerzo de hacerlo ¡sin importar quién seas o de dónde vengas! Hoy pude confrontar un poco de mi pasado, que por la noche no me dejaba dormir de tanto pensar; y escribiendo sobre mi vida en pequeñas letras diseñadas, finalmente estas han salido a la luz.

Adelante:

Se han cambiado algunos nombres para proteger la identidad de aquellos que no querían que se identificara su identidad.

Content

Capítulo Uno	"El Niño de la Navidad, El niño Virgilio"	5
Capitulo Dos	La Visita de Doña Barbara "¡No estás El Nino!"	16
Capítulo Tres	Primera Comunión "Cuatro Padrinos"	23
Capítulo Cuatro	"El Niño Juzgado" Por ser Pobre	34
Capitulo Cinco	"La Mejor Solución fue, "El Socorro"	56
Capitulo Seis	El Brujo o Dios	59
Capitulo Siete	"Paletas de Coco y de Naranjas" "La Bambita"	80
Capitulo Ocho	"¡Me Hice Papá siendo Menor!"	87

www.vyaxon.com
info@cyaxonbooks.com
cyaxonbooks@gmail.com
Publisher: CYaxonBooksLLC.
www.cyaxonbooks.com
ISBN: 978-1-7365703-0-2
ISBN-10: 1736570307
Printed in The United States of America

Capítulo Uno

"El Nino de la Navidad, El Niño Virgilio"

El niño que nació el veinticuatro de diciembre a las doce de la noche en una casa de bambú donde el agua se colaba por el techo y pasaba por la tierra. Su madre, doña Felipa y su padre, don Domingo, a los 8 días fue nombrado Virgilio. El niño llamado Virgilio cuando abrió sus ojos lo primero que vio fue una entorcha de fuego y a dos mujeres juntas a su alrededor, una de ellas era su madre. También, una de ellas le cantó "vino el nuevo Jesús que hicimos celebrar con pan, tamal y chocolate" pero Virgilio sonrió por un tiempo y comenzó a llorar porque lo que quería alcanzar era la luz de la entorchar llamado "Candil".

Virgilio fue creciendo con los días y siguió viendo más de cerca la entorcha llamada candil. Pero se fue dando cuenta de que algo lo apagaba y lloraba porque se quedaba en la oscuridad, pero Virgilio se quedó con los ojos puestos en la luz del candil y se dio cuenta que era un bichito llamado palomilla que lo apagaba.

Con los días y los meses que fueron pasando, el niño que había nacido el veinticuatro de diciembre había crecido un poco más y miraba más cerquita la antorcha. Con los días Virgilio fue creciendo y se dio cuenta que tenía que compartir los senos de su madre con su otro hermano, esto se convirtió en una pesadilla para Virgilio.

La razón fue porque su hermano mayor mamaba el seno que tenía más leche y siempre le empujaba al seno que no tenía suficiente leche. Así, su madre sufría porque no tenía suficiente leche hasta que Virgilio cumplió un año.

Virgilio le pregunto a su mamá por su papá y esta le respondió: «Tu papá está en el hospital y se está curando», pero nunca le dijo qué tenía. Con los días y meses, Virgilio fue crescendo un poco más, pero ahora su madre se encontraba en un problema: no tenía más leche en los pechos; se había quedado sin leche por falta de no tener comida en casa y por pensar mucho en su marido que era mi padre Don Domingo.

Mi mamá Felipa, al ver que ya no podía más, tomo la triste decisión de decirle a sus hermanos que no tenían más leche ni comida en su casa para alimentar a sus dos hijos que le quedaba y, al ver que nadie de su familia la ayudaba con la situación que ella estaba atravesando con su esposo, decidió dejar al otro niño recomendado con su hermana y tomó en sus brazos a Virgilio y se fue a visitar a la señora partera que le acompañó el día del nacimiento de Virgilio.

La partera o más bien su comadre al ver la visita tomo en sus brazos al niño y le dijo Felipa:

—Como no tienes más leche para amamantarlo, tendrás que darle agua de trigo y de cebada; mientras buscas un trabajo para vender tamalaes.

En ese momento la partera le preparo una bolsa de trigo y una bolsa de cebada y agregó:

—Con esto puede vivir hasta que tu marido regrese.

Luego tomó las dos bolsas y Felipa regresó a su casa.

Pasaron los días y meses; y esta vez, niño Virgilio cumplió dos años de haber nacido. Ahora su madre se encontraba más feliz porque tenía la visita de una de sus hijas mayores para que cuidara de Virgilio mientras ella se ponía a vender tamales, atol de chocolate y tortillas para poder mantener a sus dos hijos pequeños y poder sacarlos adelante mientras llegaba mi padre.

Pasaban los días y durante ese tiempo, Virgilio se enfermó de una infección en el estómago. Su madre, preocupada al ver que su único y último hijo se debatía en la cama, tomó un poquito de dinero que había hecho con sus ventas de comida y viajó hacia al pueblo más cercano: Río Bravo. Llegando a la entrada del pueblo se encontró a un enfermero del centro de salud; más conocido como don Bacilio por su bigote que parecía un tapón de mocos.

Don Bacilo le preguntó:

—¿Adónde va, doña Felipa?

Ella respondió:

—Voy a la farmacia a buscar unas pastillas o algo que le quite el dolor de estómago a mi hijo Virgilio.

Don Bacilio al ver lo preocupada que doña Felipa estaba: tenía los ojos llorosos; movió la boca y su bigote y le dijo:

—Deme un minuto, voy a bajarme de la bicicleta, para darle una receta.

Doña Felipa le respondió un:

—Está bien don Bacilio.

Mientras doña Felipa lloraba, don Bacilio preparaba la receta. Pasaron unos minutos cuando don Bacilio termino de hacer la receta y se la entrego diciendo:

—Con esto se va a curar.

Doña Felipa respondió con agradecimiento y cogiendo fuerte la receta, se dirigió a la farmacia.

Llegando a la farmacia se encontró con el amigo de don Bacilio, más conocido en el pueblo como don Leo Dan. En el pueblo la gente reconoce a don Leo Dan como el médico del milagro. En hacer feliz a las lindas mujeres, hombres y jóvenes por sus famosos gorritos de felicidad, inyecciones, sálvese quien se jodio y sus píldoras "Dulces de vaquita".

Doña Felipa al ver y reconocer que don Leo Dan era el amigo de Don Bacilio y reconocido por la gente de pueblo se dijo a sí misma: "estoy en buenas manos". Entregó la receta a don Leo Dan y le preguntó que cuánto era.

El respondió que eran cinco quetzales.

Doña Felipa pensó que iba a ser más caro, pero se sorprendió al escuchar el costo total. Luego de pagar, don Leo Dan le entregó el medicamento en las manos y doña Felipa le agradeció.

Sin embargo, al ver que sus medicinas venían envueltas en papel celofán, doña Felipa a don Leo Dan que para qué eran esas pastillas; entonces él respondió: «Para el alboroto de lombriz».

A pesar de que tomó las pastillas de todas formas, algo no encajaba en la mente de doña Felipa; ella quería algo diferente, otro resultado.

No obstante, al voltear, miró al frente y se dio cuenta que en la vuelta de la esquina estaba la tienda de doña Blanquita, su mejor amiga. Así que se echó las pastillas en su paño y guardó su monedero dentro de su brasier. Entinces apresuro los pasos para ver si la podía encontrar.

Al llegar a la puerta de la tienda la vio de frente y saludó diciendo:

—Hola Blanquita, ¿cómo estás?

Blanquita respondió:

—Un poco enferma, me estoy muriendo de cáncer.

Felipa respondió con aflicción que lo sentía; sin embargo, Blanquita, al ver que su amiga estaba con los ojos acuosus y que la preocupación se le reflejaba en las facciones, le preguntó que qué le pasaba.

—Mi niño Virgilio se está muriendo del dolor del estómago en la casa y no encuentro qué darle —respondió Felipa con angustia.

Doña Blanquita en un intento por ayudarla, le mandó a la farmacia de don Leo Dan, pero Felipa le respondió que de allá venía. Fue entonces que, al ver lo mucho que su amiga estaba preocupada, doña Blanquita le dijo que le diera unos minitos y desapareció tras la parte de atrás de la tienda.

Regresó ocho minutos de después y le entregó unas bolsitas.

—Llevate estas bolsitas, Felipa.

Dudosa por la forma en que venía las bolsitas de papel café, Felipa las cogió en sus manos, pero preguntó:

—¿Para qué es esto?

Cuando Felipa escuchó la misma respuesta que le hubiera dado don Leo Dan, entró en pánico, pues ella no creí que Virgilio tuviese limbrices. Pero cuando su amiga le preguntó que qué le pasaba, solamente le respondió que staba preocupada. Luego se despidió de su amiga y esta le deseo una pronta recuperación para Virgilio.

No obstante, cuando Felipa estaba saliendo por la puerta, Blanquita le dijo que esperara. Entonces comenzó a meter en una bolsa diez bocadillos de coco, cinco pedazos de chilacayote y cuatro dulces de manea y, por último, abrió un paquete de golosinas muelitas y echó dos en una bolsa de gabacha y con eso, le entregó la bolsa completa, entonces dijo:

—Toma Felipa, y apúrate porque tu niño te espera.

Felipa bajo corriendo de la tienda y apresuro sus pasos hacia su casa. Pero después de veinte minutos caminando encontró a doña Graciela Roṣales, más conocida en el Caserío como "La rezadora de los difuntos."

Ella era consuegra de Felipa con quien ellos compartían dos nietos en común. Doña Graciela le dijo a Felipa:

—¿Te puedo dar un aventón?

Felipa le respondió que sí y doña Graciela le indicó que se subiera en la parte de atrás.

Doña Felipa a como pudo tiro sus dos bolsas y su paño adentro de la palangana de la troca. A como pudo arrastrándose se subió y gritó:

—Ya me subí.

Doña Gabriela arrancó la troca, pero Felipa se asustó mucho porque no tenía de donde agarrarse; brincaba de un lado al otro porque el camino estaba desigual, debido a las piedras que lo cubrían y al polvo que se levantaba por las llantas de la troca.

Después de quince minutos por fin llegaron a la casa y doña Gabriela le dijo:

—Listo Felipa, ya llegamos.

Esta última, como pudo, tiro sus bolsas al suelo y se bajo de la troca, llena de polvo.

—Gracias por haberme dado un aventón, doña Gabriela.

Doña Graciela bondadosamente, le entregó una bolsa de mandarinas.

—Las mandarinas están recién bajadas del palo. —Luego le entregó un vaso de agua—. Tómate el agua —le dijo. Felipa agradeció el regalo y tras tomarse el vaso de agua, se lo devolvió a doña Gabriela, agradeciéndole una vez más. Después tomó sus bolsas y su paño.

—Ahora sí me voy, doña Gabriela. Mi niño está enfermo y tengo que cuidarlo.

—Cuídate Felipa —se despidió doña Gabriela.

Felipa apresuro sus pasoa para llegar a su casa. Para poder hacerlo, tenía que pasar un río, por suerte era pequeño. Aún así, este estaba lleno de mierda y suciedad, que la genete, así como su hermano Juan, se encargaban de tirar dentro de él. Así que decidió brincar para cruzar al otro lado; sin embargo, el salto no lo dio bien y cayó en el agua sucia.

A como pudo se levantó toda mojada y con asco puso sus bolsas en la orilla del rio y corrió en busca de su paño. La corriente del agua se la llevaba, pero lo alcanzó. En el regreso tomó sus bolsas y después de cuatro minutos mojada y cansada llegó a casa con olor a mierda. Felipa, bajo sus bolsas y decidido bañarse con agua del pozo.

Después de unos minutos de bañarse, sentía que todavía tenía mal olor, así que decidió echarse perfume Siete Rosas y vaselina de aguacate para quitarse por completo la edentina.

En el transcurso del baño se olvidó que tenía que darle la medicina a Virgilio, cuando lo hizo, corrió por la casa en busca de las bolsas, pero grande fue su sorpresa cuando encontró a su pequeño hijo debajo de la mesa masticando dos pastillas para el alboroto de lombrices.

—¿Por qué hiciste eso, Virgilio? —le preguntó al pequeño, con preocupación en la voz.

Virgilio no contesto, lo único que quería era estar embrocado en la tierra y llorar. Felipa por su parte, ante el cansancio y preocupación que la embargaban, cayó rendida y se durmió en las cuatro tablas que conformaban su cama.

Dentro del sueño, Felipa pudo ver a su marido, Domingo, que llegaba del trabajo y la abrazaba. Pero Domingo no estaba. No se encontraba ahí ni tampoco estaba trabajando.

Se encontraba en el hospital Rodolfo Robles para pulmones y estaba doce horas de su casa.

De tanto cansancio que la embargaba, Felipa despertó hasta el otro día, cuando se dio cuenta que Virgilio no estaba al lado de ella.

Asustada se bajó de la cama y corrió para todos lados con su corte en la mano tirando la puerta de bambú y abriendo la de la cocina creyendo que Virgilio estaba en el poyetón de la cocina; pero Virgilio no estaba en la cocina. Luego se le metió la imaginación a mil por hora y en un segundo corrió apresuradamente hacia el pozo, quitó la tapa de lámina y volteó a ver hacia abajo con su larga vista. Virgilio tampoco estaba ahí.

Para cerciorarse, Felipa metió la cubeta hacia el fondo del pozo para ver o sentir algo duro, pero no había nada. Después de cinco minutos con la guerra mental de si hijo estaba o no metido en el pozo, se le iluminó la mente y, calmada, pego unos pasos hacia dentro de la casa y entro por la puerta de bambú que había tirado. Al salir, escuchó un quejido que provenía de la cama donde minutos antes se levantó. Felipa, levanto la sábana de retazos y vio Virgilio embrocado en la tierra llorando por el dolor de estómago.

—Cariño mío, salí de ahí.

Sin embargo, Virgilio no quería salir de debajo de la camal, así que a como pudo, Felipa se agacho y forzadamente lo sacó de ahí. Lo tomó en sus brazos y le dijo:

— Mi niño lindo pensé que te habías caído en el pozo.

Luego de dio un beso en el cachete lleno de tierra y lo bajo de su regazo para cambiarle el pañal. Fue en ese momento que Felipa pudo ver que de la nariz del pequeño Virgilio venía saliendo una lombriz de una de sus fosas nazales.

Asustada, la joven madre comenzó a llorar y a correr por la casa, pero nadie podía escucharla y mucho menos, ayudarla.

Desesperada, Felipa agarró la caja donde tenía guardada su ropa y algunos retazos de corte típico; cogió uno de los pedazos y con este, se ayudó para sacarle la lombriz de la nariz a Virgilio.

Después de eso, buscó la bolsa de pastillas y le dio una. Pero al abrir la bolsita, se dio cuenta que las pastillas que le habían dado don Leo Dan y doña Blanquita ya no estaban completas. Virgilio se había tragado tres durante la noche. Aún así, agarró una de las que quedaban en la bolsita de don Leo Dan y decidido darle una.

Minutos más tarde, Virgilio se quedó dormido en su cama de cuatro tablas y Felipa decidido pasar la escoba por su casa. Al pasar la escoba por debajo de su cama, se recordó de los dulces de coco que Blanquita le regaló el día aterior, así que fue en busca de la bolsa, pero al abrila, se dio cuenta que, de los diez que su amiga le había regalado, le hacían falta dos. Agarro uno de los ocho que le quedaban y ese lo comió.

Después de haberse comido el bocadillo, decidió seguir pasando la escoba hasta el fondo de la cerca de bambú donde topaba la cama. Se dio cuenta que en un hoyo de ratón había unas migas y un pedazo de bocadillo del dulce que Virgilio se había comido. Felipa asustada dijo en su corazón y en su mente, "Este niño ve más allá de lo que yo no veo."

Conforme fueron pasando los días, Virgilio cumplió dos años y seis meses. Dejó de gatear y comenzó a dar sus primero pasos. Felipa estaba muy feliz por esto; sin embargo, también seguía preocupada: a Virgilio el dolor de estómago no se le quitaba y mientras dormía, siempre se reía.

Felipa decía que en su sueño, el niño hablaba con sus angelitos. Pero Virgilio no reía con sus angelitos, sino con la luz que vio el primer día que nació.

Pasaron los días y los meses el niño Virgilio cumplió dos años. Su padre regresó del hospital donde le autorizaron su salida. Domigo llagó a casa cargado de un costal de manzanas donde su esposa Felipa lo esperaba junto con Virgilio. Los dos estaban felices porque por fin Virgilio podría conocer a su papá.

Felipa ahora tenía que encargarse de Virgilio y de Domingo mientras que él se terminaba de curar.

Felipa estaba contenta porque su marido ya estaba en casa, a pesar de que la casa de bambú se le cayese por un lado, o que los hoyos de ratones estuviesen por todos lados o incluso que por el techo se le filtrase el agua, ella estaba feliz de tener a Domingo y a Virgilio con ella.

Los días siguieron su curso y Felipa retomó sus ventas de comida. Ahora en su menú incluía vender queso, tamales, arroz con leche y chuchitos. Con esto, ella podía sostener Virgilio y su marido.

Los meses pasaron y pronto Virgilio cumpliría tres años.

Este, corría para todos lados con su pañal suelto y su culito destapado. Sus padres no tenían suficiente dinero para comprarle pañales y a su madre no le quedaba más dinero porque debía comprarle la medicina a su marido, así que Virgilio no tenía más que usar pañales de tela remendados.

Domingo muy contento al lado de su hijo le dijo a su niñito:

—Te pareces mucho a mi hermano.

Virgilio, solo escuchaba y sonreía.

Domingo regresó a trabajar en la finca de donde salió haces dos años y medio por su mal de pulmones. Después de ocho días de llegar del hospital Domingo, fue a trabajar con su viejo y querido amigo don Ramiro, más conocido por sus trabajadores del caserío y aldeas como don Ramiro Montes por sus famosas fiestas del Cuatro de octubre, el día de San Francisco De Asís.

Domingo era muy querido por su trabajo en la agricultura y la ganadería. Pasaron los meses y ahora Virgilio cumplía cuatro años.

Muy contentos, sus padres veían cómo su hijo iba creciendo.

Domingo ya no era conocido nada más su nombre, debido a su larga estadía en el hospital y haber salido blanco de su internado, sus conocidos y amigos lo nombraron: *Domingo camaron* o *don Mister*.

Con forme fueron pasando los días, Domingo comenzó a agarrarle la gracia a sus apodos y, poco a poco, los fue apreciando. Felipa no entendía porque a su marido le habían puesto esos dos sobre nombres.

Hasta que su hermano Juan le explicó a Felipa, que Domingo era "Don Camarón" por el color de su piel. "Don Míster" por la forma en que él se cambiaba después de echarse unos tragos de agua ardiente; Felipa le pregunto a Juan que cómo se cambiaba y Juan le respondió que de Domingo, comenzaba hablando español y de Don Míster, terminaba hablando en inglés cuando el agua ardiente le pegaba y estaba bien relajado. Juan terminó diciendo que por eso le había dado ambos sobre nombres.

Después de cinco años, sus padres comenzaron a llevar al niño Virgilio a las fiestas, quien al ver el algodón de azúcar rosado, se volvía loco.

Un día en la fiesta, sus padres le dieron una bolsa de algodón de azúcar y lo dejaron comiéndose la en una esquina.

Sus padres se dedicaron a bailar y tomar en la fiesta y orquesta del pueblo. A Virgilio le dio sueño y sus padres no tenía donde ponerlo, así que Domingo habló con la dueña de la cantina y le pregunto si podía recostarlo bajo la barra, en medio de las botellas. La dueña accedió sin ningun problema.

No obstante, tras terminar la fiesta y bebidos de más, tanto Domingo como Felipa regresaron a la casa, olvidándose de Virgilio.

Capítulo Dos

La Visita de Doña Barbara

"¡No estás El Nino!"

Al día siguiente, al ver que su niño no estaba por todos lados, les entró pánico a no encontrarlo. Luego se acordaron que Virgilio se había quedado dormido debajo de la barra en medio de las botellas. Domingo corrió hacia la barra y encontró a Virgilio llorando que lo sacaran de ahí. Al llegar a la casa cuando su padre lo busco de la cantina, Virgilio empezó a sentirse mal.

El dolor de su estómago era constante y su madre Felipa siempre le tenía preparado sus pastillas contra las lombrizes. Un día en la mañana, al niño le atacó un fuerte dolor en el estómago y su madre no encontraba qué hacer, cuando de repente alguien toco la puerta y dijo:

— ¡Felipa, Felipa!

Felipa corrió hacia la puerta, pero antes de abrir se dio cuenta por las rajas de bambú que era una señora. Al abrir la puerta vio que era Doña Barbara, su madre.

Felipa le dio un abrazo y la tomo por las manos.

—Pasa adelante mamá.

Doña Barbara entró al fondo de la casa y se dio cuenta que Virgilio se encontraba embrocado en su camita de cuatro tablas. Al ver la aflicción de sy nieto, Doña Barbara le dirigió una mirada interrogativa a su hija.

—¿Qué tiene? —le preguntó.

—Tiene dolor de estómago.

Por un momento, doña Barbara quedo en silencio, analizando la situación y Felipa, al ver a su madre sumida en sus pensamientos, le vuelve a hablar:

—¿Mamá, quiere agua de limón, atol o café?

—Quiero café, pero sin azúcar.

Mientras Felipa preparaba el café, Doña Barbara se acercó a Virgilio y en voz baja, para que su hija no la escuchara, le dice:

— ¿Qué te pasa, lombricita? — luego, tras cerciorarse que su hija no está prestádoles atención, vuelve a mirar al niño —. Te hubieras muerto en la panza de tu madre. Tú no eres hijo de tu padre y tampoco te pareces a nosotros. Eres una lombriz blanca. Eres hijo de un camionero.

Virgilio miro a su abuela, pero se quedó callado y no dijo nada.

Después de cinco minutos Felipa regreso con el café y dijo:

— Mamá, aquí está su café.

 Doña Barbara agarro el vaso de barro lleno de café y empezó a tomar. Mientras que Doña Bárbara se tomaba su café, Virgilio le dice a su mamá que quiere ir al baño y Felipa le dio cuatro pedacitos de papel periódico para limpiarse.

Mientras estaba en el baño, la mentecita de Virgilio no dejaba de pensar en todo lo que su abuela le había dicho. Lo embargó la tristeza, la rabia y también el coraje por lo que su abueja le había dicho. ¿Cómo que él no se parecía a su papá, ni que tenía el color de ellos?

Después de varios minutos, Virgilio regresó del baño muy triste, aún así, decidió no decirle nada a su madre de lo que su abuela le había dicho.

Cuando Virgilio entro, Felipa lo notó más callado de lo normal y se preocupó.

—Mijo, ¿qué te pasa?

—Tengo frio en el estómago, mami —le respondió.

—Acuestate en tu cama —fue la instrucción de su madre.

Virgilio no lo pensó dos veces y le hizo caso a su madre. Entonces, doña Barbara habló de nuevo, pero esta vez fue dirigiéndose a su hija:

—Felipa, ve a la cocina y caliéntale el estómago con el trapo de la cocina.

Felipa corrió hacia la cocina y después de unos minutos regresó con dos paños calientes. Entonces, le puso ambos paños en el estómago a Virgilio, pero el dolor no desaparecía.

Pasaron las horas y, al caer la tarde, doña Barbara le dijo a hija que se tenía que ir, Felipa le dijo que no había ningún problema, pero antes de que doña Barbara decidiera salir de la casa, dijo:

—Déjame pasarle un huevo a tu hijo. Puede ser que le hayan hecho mal de ojo.

Pero Felipa le respondió a su madre que ese día sus gallina no había puesto huevos, a lo que su madre respondió que regresaría al día siguiente.

Dos horas después de que doña Barbara se hubiese ido, llegó Domingo.

—¿Dónde está Virgilio? —preguntó no más entrar.

—Está acostado, le duele el estómago —le respondió Felipa. Sin embargo, Domingo no lo pensó dos veces y, tras decirle a su esposa que volvía pronto, salió de la casa para dirigirse a la casa de doña Cati, la partera de La Comunidad Ocho.

Domingo tocó la puerta y agradeció cuando la señora de edad avanzada le abrió.

—Buena noche, doña Cati —saludó—. ¿Quisiera saber si pudiera venderme un manojo de manzanilla.

Sin embargo, la comadrona le sonrió.

—No se los vendo, don Domingo, ¡se lo regalo!

Luego, se perdió tras la puerta y volvió unos minutos después trayendo en su mano un manojo de manzanilla. Cuando Domingo regresó a la casa, llamó a Felipa y le entregó la manzanilla.

—Hiérvelas y dáselas a Virgilio —fueron sus palabras.

Felipa dudó durante un momento y se lo hizo saber a su marido; sin embargo, este le explicó que uno de sus amigos se las había recomendado, y es que este se las daba a su esposa cada vez que esta se enojaba con él y le daba dolor de estómago.

Tras esto, Felipe decidió hacerle caso a su marido y preparó el té de manzanilla, que luego le dio a Virgilio en una taza.

Esa noche, por primera vez, el pequeño durmió bien. Al día siguiente, llegó doña Barbara con un huevo.

—Traje el huevo para pasárselo a Virgilio —le dijo a Felipa y esta, al ver las buena intenciones de su madre, llamó al pequeño.

Pero Virgilio no quería ir por miedo a que su abuela lo pudiera regañar o burlarse de él como lo había hecho la primer ves. Finalmente Felipa lo convenció con un bocadillo de coco.

No obstante, en lo que doña Barbara preparaba al pequeño, le entregó el huevo para que se lo sostuviera, pero este, distrayéndose, dejó caer el huego al suelo. Doña Barbara maldijo en voz alta y esto asustó al chiquillo.

—Era el único que tenía —se quejó doña Barbara—. Mejor me lo hubiera comido. No sé qué pasa siempre contigo, pedazo de mierda. Mejor hubiera sido que murieras en el estómago de tu madre o, mejor aún, que ella te hubiese abortado.

Inocentemente, Virgilio seguió caminando pensando en su pequeña mente en lo que era un aborto, aunque no podía si quiera imaninarelo. Sabía que era algo malo, por la forma en que su abuela lo había dicho, pero no podía hacerse una idea de lo que significaba.

Felipa, por su parte, al escuchar las palabras de su madre se afligió, pero no dijo nada. En su lugar, entró a la casa.

Doña Barbara, al ver el estado en que su hija estaba, le preguntó que qué tenía.

—Si usted no lo quiere como su nieto, madre, está bien. Pero no lo maldiga. Es mi hijo y de Domingo, no de un camionero como usted dice.

El tiempo pasó y a Virgilio se le fue el dolor de estómago durante ese tiempo. A pesar de que vivían humildemente y que su comida primordial estaba constituida por yerbas del campo, eran una familia feliz.

Sin embargo, no todo era color de rosa; doña Barbara, la mamá de Felipa, se había encargado de esparcir chismes y habladurías entre los vecinos, diciéndoles que Virgilio no era hijo de Domingo.

Cada vez que escuchaba esas habladurías, Felipa se entristrecía y se enojaba; sin embargo, su único consuelo era doña Delia, su comadre, quien siempre que algo malo sucedía, llegaba a su casa con una bolsa de pan dulce para conversar. Delia era conocida como la señora del lunar negro.

Cuando Virgilio estaba a punto de cumplir seis años, su abuela materna enfermó al borde de la muerte: tenía cáncer de matriz. Sin embargo, doña Barbara no quería morir sin antes quedar en buenos términos con sus hijo, así que mando llamar al abogado y alcalde del pueblo: don Camilo.

Doña Barbara llamó a Leonardito, "Naito", su tercer hijo y, en frente del abogado, dejó en sus manos las escritura de las tierras de su difundo marido. También le indicó que sería él quien debería encargarse de dividirlas entre sus hermanos. Menos a dos: Tomás y Luis. Al primero porque este ya tenía tierras y al segundo porque era brujo y vicioso y mujeriego; también porque este había metido a su papá a la cárcel.

Leonardo, con dolor en su corazón por ver a su madre en ese estado, aceptó lo que su madre le decía. Entonces tomó las escrituras y tanto él como su madre firmaron ante el abogado. Luego de eso, doña Barbara falleció.

Pero, a pesar de que Leonarlo lloró la muerte de su madre, no estaba dispuesto a cumplir con la solicitud que esta le hiciera antes de morir. Al contrario, decidió adueñarse de lo que no le correspondía. Se quedó con las cocechas de la caña de azúcar y con cada parcela de tierra que la herencia de su padre constituía. Su corazón estaba lleno de codicia y avaricia y, pesar de saber sus hermanos pasaban necesidades, no nacía de él ayudarlos.

Capítulo Tres

Primera Comunión

"Cuatro Padrinos"

A pesar de todo lo que Virgilio había visto y escuchado en su corta vida, seguía siendo un niño feliz y, sobre todo, seguía teniendo fe.

Cuando estaba a punto de cumplir siete años, sus padres le dijeron que querían que realizara su primera comunión. Sin embargo, por ser una familia de bajos recursos, el niño no había tenido la oportunidad de comenzar a ir a la escuela y eso mismo lo llevó a expresar sus temores.

—Mamá —le dijo un día a Felipa—, ¿cómo voy a aprender en las clases de catesismo, si no sé leer ni escribir?

Sin embargo, sus padres querían que él aprendiera más sobre el amor que Dios tenía para con él. A parte, Virgilio estaba próximo a cumplir siete años en cinco días y tanto Domingo, como Felipa, estaban muy emocionados, porque el cumpleaños de su hijo más pequeño era justamente el día de noche buena.

Domingo y Felipa querían regalarle algo especial a su hijo pequeño por su cumpleaños; sin embargo, el salario de Domingo no era suficiente, él solo ganaba setenta y cinco quetzales a la semana y esto solo les alcanzaba para comer frijoles y comprar la medicina de Virgilio. No obstante, para Virgilio esas cosas no eran importantes, él observaba y valoraba el esfuerzo que sus papás hacían por él.

Virgilio nunca les pidió regalos ni pastel, para él eso era de poca importancia, pues lo que más disfrutaba de esa fecha era que caían en la misma fecha que el mundo entero conmemoraba la llegada de Jesús al mundo. A él le gustaba ver los fuegos artificiales en el cielo que las familias quemaban a la media noche.

En la comunidad se comenzó a escuchar la noticia de que pronto llegaría una monja llamada Vicenta, la cual daría clases de doctrina y catesismo. El día que la monja llegó, esta le informó a la población que dichas clases comenzaban el tres de agosto y terminarían el cuatro de octubre.

La primera en incribir a su hijo fue Felipa y Domingo se puso feliz por este acontecimiento.

Los días comenzaron a pasar y con la monja, Virgilio aprendía cada vez más y más: aprendió coros y lecciones de la biblia que nutrían su vida espiritual. Pronto, el chiquillo realizaría su primera comunión y, por lo mismo, debía buscar padrinos.

A pocos días de celebrar dicho evento, Virgilio estaba muy emocionado y más lo estuvo el día que se celebraría su comunión; ese día se levantó super temprano a las cinco de la mañana, se bañó y se preparó, pero al buscar entre sus cosas, no encontró la ropa que él esperaba que le comprasen: un pantalón y una camisa de vestir nuevos, como el resto de los niños que celebrarían su primera comunión. Sin embargo, Felipa le dijo que debido a los pocos ingresos que tenían, no se le pudo comprar su estreno, pero que podría utilizar la ropa que fuera de su hermano mayor.

No obstante, al momento en que Virgilio se puso la ropa de su hermano mayor, esta no le quedó, aparte estaba gastada y con muchos agujeros.

Felipa, al ver esto, se la remendó y, para que el pantalón le quedara de la cintura, cortó una tira de su corte y le formó una especie de cinturón colorido que se adirió a la pequeña cintura del chiquillo. Por último, Felipa le arremangó las mangas del pantalón para que el niño no lo arrastrara y ¡estaba listo!

Ahora lo que faltaban eran los zapatos.

—Mamá —llamó Vigilio—, ¿qué zapatos me pondré? —preguntó con su inocente voz.

Felipa lo observó y negó con la cabeza.

—Tampoco pudimos comprarte zapatos, cariño. Pero puedes irte con las botas de hule que tienes.

Virgilio negó con la cabeza.

—Esas ya tienen hoyos. Mejor me iré descalzo.

Como Virgilio quería estar en el primer banco, se adelantó diciéndole a su madre que le aprartaría un lugar para ella y para sus padrinos.

Sin embargo, como Felipa era toda una olvidadiza, había olvidado por completo que debía buscar padrinos para tal evento.

Virgilio por su parte estaba tan emocionado, que pasó desapercibida la cara de aflicción de su madre y se fue a la iglesia con mucha algarabía. A su corta edad, realizar la priemra comunión era todo un acontecimiento para la vida de

Virgilio; podría conocer a sus padrinos, se sentaría en el primer banco de la iglesia y el padre Teófilo lo vería realizar un gran paso, como lo era realizar la primera comunión.

Lo minutos pasaban y el chiquillo comenzó a desesperarse, cada vez que giraba hacia atrás, no veía a su madre por ningun lado, mucho menos a las personas que se supondrían, serían sus padrinos. La única que estaba destras de él era Vicenta, la monja. También comenzó a ver que más y más de sus amigos iban llegando acompañados de sus padres y padrinos.

Esto comenzó a hacer que el chiquillo se inquietase, ¿dónde esta su mamá? ¿Y sus padrinos? ¡La iglesia ya estaba llena y él estaba solo!

De repente, el sacerdote dijo:

—Todos los niños que realizarán su primera comunión, vengan aquí al frente, por favor, junto a sus padres y a sus padrinos.

A Virgilio se le formó un nugo en la garganta, pues quería que estaba vez todo fuese perfecto, pero nada estaba saliendo como él quería.

Al mirar que el banco donde él estaba sentado estaba completamente lleno, Virgilio se levantó, pero no fue al frente de la iglesia; en vez de fue hacia el exterior y pudo ver a su madre llegando con lodo en los pies y sin zapatos.

—Mamá —dijo el chiquillo—, ¿y mis padrinos dónde están?

—No encontré a nadie que quisiera ser tu padrino o madrina, Virgilio. Ellos pedían algo a cambio para poder serlo y no tenemos dinero para poder pagarles.

—¿Entonces qué haré, mamá? —quiso saber el chiquillo.

Felipa se encogió de hombros y dijo:

—Le preguntaré a la monja Vicenta si puede ser ella tu madrina.

Virgilio entró entonces en la iglesia donde el sacerdote ya había dado unicio a la misa y esperó a que su madre se acercase con la monja. Sin embargo, esta, al ver que la monja estaba ocupada repartiendo la copa y las campanillas, decidió no acercársele.

Entonces vio aparecer a don Petro, el vecino que nunca iba a la iglesia y le preguntó si él podría hacerle el favor de ayudarle con ser el padrino de su hijo. Pero este se reusó. Entonces Felipa comenzó a preguntarle a sus conocidos si podrían ayudarla por esta vez, pero ninguno quiso hacerlo.

Cuando Felipa se acercó de nuevo a su hijo pequeño, esta la miraba con una mirada interrogante.

—No encontré a nadie que quisiera ser tu padrino, Virgilio —le dijo—. Pero le diré al padre que yo seré tu madrina.

Virgilio se rio de lo que madre le dijo, pues era eso, o dejar que las lágrimas de la desilusión se le resbalasen por las mejillas.

Cuando iba a ser el turno de Virgilio, el sacerdote pudo ver que algo no estaba bien con el chiquillo, entonces le preguntó:

—¿Niño dónde estan tus padrinos?

Sin saber que responder, el chiquillo encogió los hombros.

—Están aquí, padre —dijo.

—Yo no veo a nadie —respondió el cura.

Con las palabras del sacerdote, a Virgilio le comenzaron a sudar las manos, pues no tenía padrinos, mucho menos una madrina que pudiese pasar con él al frente a realizar su primera comunión. Sin embargo, cuando parecía que iba a ser el fin del mundo para el pequeño Virgilio, al fondo de la iglesia se escuchó:

—Yo soy el padrino del chiquillo.

Don Petro estaba levantando la mano desde el fondo del salón para hacerse notar, entonces, don Santiago también levantó la mano.

—Yo también soy el padrino de Virgilio.

Y luego don Tino y don José María también levantaron las manos para decir que ellos también eran padrinos del muchachito.

El sacerdote sonrió y les dijo a los cuatro hombres que pasasen al frente.

Ante esto, Virgilio se puso muy feliz y su madre también. Después de no haber tenido a nadie como padrino, ¡ahora tenía cuatro!

 Cuando los padrinos y el niño estuvieron delante del sacerdote, este dijo ante sus comulgantes:

—Es una bendición que reciban la comunión. ¡Son ahora uno con Dios!

Después de eso, el cura continuó diciendo qué era lo que se esparaba de los padrinos para con su ahijado y también lo que se esperaba por parte del ahijado para con sus padrinos.

El Padre Teófilo siguió la misa y ahora era el tiempo para la primera confesión.

Sin embargo, ahora Virgilio tenía un nuevo miendo: ¿a quién de esos cuatro hombres debía llamar padrino? No obstante, eso perdió su atención, cuando fue su turno de pasar a confesarse.

¡No recordaba cómo hacerlo! Todo lo que la monja le hubo enseñado, se le había borrado de un plumón de la cabeza. ¿Qué era lo que tenía que decir? ¿cómo lo tenía que decir?

Las preguntas comenzaron a invadir la mente del chiquillo, que comenzó a ponerse nervioso sin saber cómo diantres confesarse. Entonces dijo lo primero que se le vino a la cabeza:

—Quiero ser trabajador como mi padre, también tener muchos hijos como el padre Abraham e ir a la escuela y al ejército como mi hermano.

Eso halago al padre, quien con una sonrisa en el ristro, dijo:

—¡Concedido! Pero no trabajes mucho y ten todos los hijos que Dios dice.

EL Sacerdote al darse cuenta que también él se había equivocado le dijo en secreto:

—Ve y no peques más, reza para que te de buena mentalidad.

El niño Virgilio se levantó y se fue a sentar.

Después de varios minutos, el sacerdote dio por terminada la misa.

—Pueden irse —dijo el cura, pero entonces, mirando a Virgilio, le dijo: —Menos tú.

Unos de los padrinos le preguntó a Virgilio que qué había hecho como para que el sacerdote lo llamara a quedarse después de la misa, a lo que el chiquillo respondió que seguramente era por su confesión. Al escuchar eso, los padrinos llegaron a la conclusión que no tenía de otra más que esperar.

Una vez salieron todos los peregrineses de la iglesia, el sacerdote se acercó al niño y lo llamó a que fuese con él.

—¿Por qué quieres ser como tu papá y como el padre Abraham, Virgilio? —le preguntó, a lo que el chiquillo respondió:

—Quiero trabajar porque somos muy pobres, nos entra agua por nuestro techo de la casa y no tenemos suficiente comida. Mi padre solo gana para los frijolitos y para sus pastillas del pulmón.

—¿Y por qué quieres ser como el padre Abraham?

—Quiero tener muchos hijos así como él e ir a la escuela, también.

Al escuchar las palabras del niño, el sacerdote dijo:

—Dios te va ayudar un día y vas a poder salir adelante. Pero primero, tienes que orar para que tu padre salga adelante.

Finalmente, el sacerdote terminó la conversación con Virgilio y le dijo que podía irse. Al salir a la puerta de la iglesia, su madre se le acercó.

—Te estaba regañando, ¿verdad? —cuestionó su madre—. Por no haberte confesado bien y por no haber aprendido bien.

—No, mama, él me dijo que tengo que orar a Dios y todo iba a estar bien.

Sin embargo, había otra pregunta que estaba rondando la mente del pequeño niño y que no lo dejaba en paz desde que estaba dentro de la misa.

—Mamá, ¿a quién de los cuatro le tengo que decir padrino?

—A los cuatro —respondió Felipa.

—¿Por qué les tengo que decir padrinos a los cuatro? —quiso saber el chiquiello.

—Porque Dios los envío para ti —fue su respuesta.

Después de que su madres hubiera respondido todas sus preguntas, Virgilio le dio su manita y juntos volvieron a casa.

Unas horas después que llegaron a la casa, llegó su padre del trabajo. Este estaba demasiado cansado, aún así, llevaba sobre su espalda un saco de maíz. Virgilio corrió muy contento a abrazarlo y le dijo:

—¡Papá, papá, ya hice mi primera comunión!

Domingo recibió a su hijo en brazos y lo besó.

—¡Estoy muy feliz por ti, hijo mío! —le dijo.

Domingo levantó su mirada al cielo y dio gracias a Dios por haber permitido que Virgilio lo conociera por medio de su santa palabra.

Luego de habere vuelto a la casa, Domingo se acercó a su esposa.

—¿Quiénes son los padrinos de Virglio? —quiso saber.

—¡Tiene cuatro padrinos, Domingo! —respondió Felipa con entusiasmo.

—¿Cuatro?, ¿por qué tantos?

—Es que a mí se me olvidó buscarle y por buscarle uno, le salieron cuatro.

Consciente y desconcertada le tuvo que explicarle a su marido lo que sucedido en la iglesia.

—A ti ni trayéndote el jardín completo de flores te arreglas —terminó su marido.

Conforme pasó el tiempo, Virgilio no volvió a ver a sus padrinos: tres se fueron del pueblo y don Petro no volvió a tener comunicación con él. Lo último que Virgilio supo fue que murió de vejez.

Cuando estaba por cumplir ocho años, tanto Felipa como Domingo, querían que el chiquiello fuera a la escuela para que aprendiera a escribir y leer

Pero a Virgilio se le olvidó la promesa que hiciera en la iglesia el día de su comunión y la idea de ir a estudiar lo fastidiaba, ¿por qué debía ir a la escuela?, ¿por qué debía estudiar? ¿Por qué no simplemente podía irse al campo junto con su papá a labrar la tierra y a sembrar milpa? Él quería ser un vendedor en el mercado así como su padre lo era. Sin embargo, sus padres le explicaron que para poder ser un buen vendedor, antes tenía que ir a la escuela a aprender a leer y a hacer cuentas, así no quedaría como ellos, que no tuvieron la oportunidad de estudiar.

Para Virgilio sus padres no eran burros o analfabetas como ellos le decían. A pesar de no saber lo que esa palabra significaba, al chiquillo le daba tristeza escuchar a sus padres tratarse así, ya que él solo veía el esfuerzo que ambos hacían por salir adelante. A su padre trabajar la tierra a pesar de sus problemas de pulmón, a su madre hacer sus ventas de comida para ayudar a suplir los gastos. Todo esto era admirable para Virgilio.

No obstante, Virgilio seguía insistiendo en que no quería ir a la escuela, que él quería trabajar para ayudar en la casa.

—Yo no necesito estudiar —decía—. El estudio no es necesario, cuando puedo trabajar.

—Vas a ir a la escuela, te guste o no —dijo su padre.

—¡No, no quiero ir!

Al caer la tarde, llegó su primo Luis, un chiquillo un par de años mayor que él, que había perdido dos veces el mismo año escolar.

Luis le pidió permiso a sus tíos de poder jugar con Virgilio y, no tan convencidos, estos dejaron ir al chiquillo.

—Cuando lleguemos —le dijo Luis al chiquillo—, te voy a enseñar a jugar la papa caliente.

Una vez en casa de su primo, Virgilio jugó con él, hasta que, entre el juego Luis comenzó a convencerlo de ir juntos a la escuela. Le dijo que estando ahí, vendían galletas con avena, que si no podía pagar la refacción con dinero, podría hacerlo con tres leños a la semana.

Capítulo Cuatro

"El Niño Juzgado"

Por ser Pobre

Cuando llegó de casa de su primo Luis, Virgilio corrió a decirles a sus padres que ya había decidido asistir a la escuela, que quería que estos lo inscribiesen cuanto antes. uando Virgilio llego de en casa de su primo Luis, animado a ir a escuela; y tanto Domingo com Felipa se alegraron.

A la mañana siguiente, Felipa se fue temprano a inscribirlo a la escula Pozo de agua.

Sin embargo, como el ciclo escolar ya había comenzado, Felipa temió no poder inscribir a su hijo. No obstante, la maestra Isabelle le dijo que aún tenían cupos disponibles.

Al llegar a casa, Virgilio salió al encuentro de su madre.

—¿Podré ir a la escuela, mamá?

—Mañana es tu primer día —fue la respuesta de Felipa.

Entonces los temores comenzaron a invadir a Virgilio.

—Mamá —dijo—, pero no tengo mochila, ni cuadernos, ni lápices. Tampoco tengo zapatos y tendré que caminar mucho, el camino es de piedras.

—Te compre un cuaderno, un lápiz y un sacapuntas. Tendrás que ir así mañana —fue la simple respuesta de Felipa.

Al día siguiente, Virgilio se levantó super temprano para alistarse, así que se puso el pantalón que mejor tenía y luego se arremangó las mangas del mismo, para evitar que estas se le manchasen de lodo cuando atravesara el río. Luego se puso una de sus mejores camisas y se peinó. Como no tenía zapatos, no se preocupó por estos. En su lugar, metió sus materiales en una bolsa de plástico para evitar mojarlos y, una vez listo, se fue rumbo a la escuela.

Pero, al llegar al edificio, se dio cuenta que había llegado tarde: el portón estaba cerrado. Sin embargo, Virgilio pudo ver que en la entrada estaba parado un señor de mediana edad que tenía la cara enfadada y, con un poco de temor, decidió acercársele.

—Buen día señor —saludó—. ¿Todavía puedo entrar?

El hombre lo miro con indiferencia y negó con la cabeza.

—Aquí se cumple un horario, muchachito —le dijo—. Ahora, será mejor que regreses a tu casa.

Virgilio ensanchó los ojos, él no sabía nada de horarios ni de nada.

—Pero… pero es mi primer día de clases —le dijo al hombre, casi al borde de las lágrimas y este, al ver al chiquillo con una expresión de desesperanza, soltó un suspiro. Entonces lo miro de cerca.

Luego chasqueó la lengua.

—Solo por hoy te la dejo pasar —le dijo—. Que no se vuelva a repetir.

Luego de eso, el hombre, que no resultó ser más que el director de la escuela, le indicó que tenía que marcar asistencia. Luego le dijo quién sería su maestra y le mostró su horario de clases.

Virgilio entró a la escuela y luego se dirigió al último salón de la escuala, era donde estaban los niños de su edad.

—Buen día —saludó.

—Seguramente tú eres Virgilio —dijo la maestra, a lo que el chiquillo afirmo con la cabeza—. Entra y siéntate al fondo.

Virgilio entró, pero al hacerlo, se dio cuenta que la maesra lo observó de arriba debajo de una forma extraña. Al igual que él, algunos de sus compañeros tampoco tenían zapatos y otros tantos, estaban bien vestidos y con zapatos.

A las diez de la mañana, tocaron el timbre y todos los niños comenzaron a gritar a coro: ¡la galleta!, ¡la galletga! Sin embargo, al ver que todos los niños preparaban sus vasos, Virgilio sintió un nudo en el estómago.

A él nadie le dijo que tenía que llevar vaso.

Pensando que no podría recibir su merienda, iba a ir a sentarse. Pero entonces, uno de sus compañeritos, Santos, le compartió uno de los suyos.

—Toma —le dijo—, tengo dos por su uno se me pierde.

Cuando fue el turno de Virgilio, la maestra le dijo que al otro día llebía llevar tres leños para pagar su refacción. El niño asintió y recibió la comida. Al salir al patio, pudo ver que había niños que llebavan tortillas con frijos, otros panes con jamón y, los que tenían mejor posibilidades, compraban con una señora que vendía dentro de la escuela.

Virgilio miro que habían unos niños apostando cincos para ver si ajustaban para comprar una empanada con la señora que vendía en la escuela.

También se encontró con Luis, con el que estuvo un rato, pero cuando tuvo ganas de ir al baño, se fue y ya no lo volvió a ver el resto del recreo.

Cuando volvieron a la clase, la maestra comenzó a enseñarles las vocales y luego, cuando la escuela a poco de terminar, hizo una pequeña dinámica entre sus alumnos. No obstante, cuando Virgilio estaba por salir de la clase, la maestra lo llamó.

—¿Si seño? —dijo el niño.

—Mañana quiero que traigas un cuaderno de cuadriculo y una caja de crayones.

—Esta bien, maestra.

Virgilio se fue feliz para su casa y cuando llegó, le contó a su madre todo lo que había aprendido ese día.

—La maestra pidió que mañana lleve un cuaderno de cuadros, mamá —dijo—, y también una caja de crayones.

Felipa asintió con la cabeza.

—Ve a donde tu prima Melinda y dile que te dé uno. Yo se lo pagaré cuando vendamos la gallina.

Virgilio hizo lo que su madre le dijo. Pero cuando su prima le entregó el cuaderno, también le dijo palabras que le hirieron:

—No entiendo por qué la gente se mete a tener hijos, si ni siquiera tienen con qué mantenerlos o si quiera para mandarlos a la escuela.

Virgilio se sintió un poco triste por sus palabras, pero decidió hacer oídos sordos y agradeció la venta de su cuaderno. Sin embargo, Melida agregó:

—Le dices a tu mamá que cuando venda la gallina, lo primero que quiero que haga es que me pague, ¿entendiste? De lo contrario no le daré más fiado.

Virgilio regresó a casa un poco asustado por la actitud de su prima, pero su madre le dijo que se calmara, que pronto le pagarían a su prima.

Al otro día, Virgilio se levantó más temprano para alistarse con más tiempo y se fue mucho antes de lo que se había ido el día anterior; también porque tenía que llevar los tres leños que debía pagar, si quería que se le siguiese dando refacción.

Luego de haber dejado los leños con doña Petrona, la cocinera, se fue al salón. Estando ahí, su amigo Santos se acercó y le sonrió.

—¿Qué hay, Virgilio? —le saludo.

Como compartían mesa, Santos se acomodó en su asiento, mientrs comenzaban a hablar. Hasta que entonces Santos dijo:

—Hoy te toca limpiar los baños, barrer el salón y trapear el piso.

—¿Qué?

—Sip, sino lo haces, no solo la maestra Isabelle te regañará. El director te castigara. Será mejor que comiences ahora, para adelantar el trabajo. Igual compartes limpieza con otros dos.

Virgilio hizo lo que Santos le sugeria y comenzó a limpiar el salón, hasta que llegaron los otros dos niños con los que compartía la limpieza.

Después de haber terminado, la maestra empezó a dar la clase.

A pesar de poner atención y querer memorizar todo lo que la maestra le enseñaba, no podía. Virgilio sentía que las letras le bailaban en frente, que la canción de Pin Pon nunca terminaba y que todo era tan complicado.

La maestra al ver que Virgilio realmente no sabía nada, mando una nota a su mamá, diciendole que debían comprarle el libro "Victoria" para aprender a leer.

Esa tarde cuando Virgilio llegó a casa y le dijo a su mamá lo que la maestra había mandado comprar, esta negó con la cabeza.

—No podemos comprarte eso, Virgilio. A penas si nos alcanza para los frijoles y nada más.

Virgilio resignado, no pudo hacer más que seguir yendo a las clases sin poder entender del todo lo que la maestra Isabelle explicaba. Hasta que Santos le prestó el libro.

—Yo ya tengo uno —le dijo el día que se lo entregó—. Así que puedes usar este.

Los días fueron pasando y Virgilio casi no aprendió nada durante ese periodo de tiempo. Con la falta de recursos para poder comprar el material que la maestra le solicitaba, a penas si podía entregar sus tareas; por otra parte, Santos no siempre podía prestarle el libro Victoria, porque su mamá no se lo permitía.

Cuando el ciclo escolar estaba por terminar, Virgilio quiso saber si ganaría el grado, así que una de esas mañanas, antes de salir del salón para regresar a su casa, se acercó a la maestra Isabelle.

—Maestra —llamó.

La señorita Isabelle miró al niño con ojos despectivos.

—¿Qué sucede, Virgilio? —le dijo y el chiquillo, con inocencia preguntó:

—¿Seño, yo voy a ganar el año?

Sin embargo, la risa de la maestra llenó la clase vacía y luego lo miró con sorna en los ojos.

—¡No! —le dijo—. ¡No vas a ganar y mucho menos a pasar de grado! En todo el año no pasaste de las lecciones de mamá y papá y mucho menos aprendiste a leer. Estás atrasado Virgilio y tampoco entregaste tareas, por no hablar de tus exámenes.

Ese día, Virgilio tuvo muchas ganas de llorar. La maestra Isabelle prácticamente le dijo que era un tonto y eso le había dolido mucho.

Cuando llegó a casa, no quise decirle nada a su madre, incluso después de que esta le preguntase cómo le había ido. No obstante, al otro día, Virgilio decidió que no iría más a la escuela. Ese lugar no era para él.

Sin embargo, al pasar los días y ver que Virgilio no asistía a clases, sus padres lo llamaron una tarde a la mesa para querer saber qué sucedía.

—No voy a volver a la escuela —dijo el chiquillo con determinación—. Ese lugar no es para mí. Además, la maestra dijo que no pasaré el grado y no quiero volver a ir.

Ante esto, Domingo decidió que Virgilio no asistiría más a clase. En su lugar se iría con él a trabajar la tierra.

Y así fueron pasando los días, Virgilio comenzó a tabajar junto a su papá en los arados y cosechas en los que este era contratado, echando abono o fumigando las malas yerbas que invadían la milpa. Aparte también ayudaba a algunos vecinos con los qué hacerse que estos le pedían favor de hacer pagándole de cinco a diez quetzales. Lo importante para Virgilio era poder ahorrar, porque lo que él más quería era poder comprarse una mochila, sus cuadernos y el libro Victoria que la maestra le pedía.

Cuando menos se dio cuenta, estaba a pocos días de cumplir nueve y algo que lo tenía muy feliz era que ya tenía el dinero ahorrado para poder comparte sus útiles escolares. Sus papás también estaban orgullosos de él porque podría finalmente volver a cursar su primer año de primaria.

Llegó enero y Felipa se presentó una vez más en la escuela del pueblo para poder inscribirlo. Cinco días después de que Felipa lo inscribiera, comenzarón las clases.

«Ahora sí estoy listo para pasar este año», se dijo a sí mismo Virgilio esa mañana que se alistaba para ir a la escuela.

No obstante, una vez dentro de la escuela, Virgilio sintió que algo ya no era la mismo. Sentía un ambiente diferente, aunque todo seguía siendo igual: las mismas mesas, los mismos bancos, incluso los mismos horarios de limpieza. La única diferencia era que, ahora el nombre del niño que le tocaba hacer limpieza, estaba pegado en la pared con cinta adhesiva.

Con el paso de los días, Virgilio comenzó a darse cuenta que entendía cada vez más, que el recordar las letras y vocales no era tan complicado, mucho menos unirlas. Comenzó a hacer pequeñas oraciones, incluso comenzó a hacer sus primeras sumas y restas en matemáticas.

Cada vez más se sentía feliz por su avance y sus padres también. Ambos estaban contentos de los logros de su pequeño hijo.

No obstante, luego de unos meses de haber comenzado el ciclo escolar, Virgilio comenzó a darse cuenta que las letras se le entrecruzaban, que los números le bailaban frente a sí y que lo que antes era claridad, ahora se volvía en una pantalla gris, casi negra. Ya no entendía las lecciones como antes y cada vez más le costaban más.

La maestra Isabelle en vez de ayudarlo, lo trataba mal, al igual que lo hacia con el resto del alumnado que eran de bajos recursos; hasta que un día, Virgilio no pudo tolerarlo más y, desde su pupitre, le dijo:

—¿Es que acaso usted no se da cuenta de lo mucho que nos cuesta a algunos? ¿No ve que algunos de nosotros venimos descalzos, a veces sin comer y otras veces doloridos de los pies porque tenemos que atravesar caminos que tienen piedras o lodo?

Pero la maestra solo le respondió:

—Eso a mí poco me importa, yo cumplo con mi trabajo. Si ustedes no pueden hacer los ejercicios, lo siento mucho, pero entonces serán castigados enfrente del pizarrón o recibirán dos reglazos. No es mi culpa que tengan papás que no puedan darles lo que necesitan.

Virgilio fue creciendo, no solo en estatura, sino también en mentalidad y con esto, comenzó a notar más y más de las carencias que en su casa tenían; la injusticia que era para él el hecho de tener que caminar descalzo hasta la escuela. También comenzó a darse cuenta que no era el único que atravesaba estas dificultades, que como él, también habían compañeros que muchas veces llegaban sin desayunar o llegaban descalzos porque tampoco tenían para un par de zapatos.

Pero a nadie parecía importarle, ni a los maestros y mucho menos al director.

Sin embargo, también se dijo a sí mismo que quería salir de eso, que a veces la vida era injusta, pero él quería algo diferente. Con esto, Virgilio volvió a la normalidad, hacía sus tareas y se esforzaba lo mejor que podía.

También dejó de avergonzarse de sus orígenes, en su lugar, siguió yendo descalzo a la escuela y también siguió utilizando sus mismos pantalones y la misma camisa.

No obstante, al llegar a medio año sucedió un evento que lo marcaría para el resto de su vida.

Ese miércoles en particular, Virgilio se levantó como todos los días y se alisto para irse al colegio; pero como estaba lloviendo, el viaje hacia la escuela se le hacía más largo de lo normal porque debía tener cuidado de no resbalarse en el lodo. Aún así, terminó llegando tarde por culpa de la lluvia, así que ese día, con tal de que no le cerraran el portón en la cara, en vez de lavarse los pies en el riachuelo donde siempre se lavaba, se limpió en la grama.

No obstante, el director ya estaba en la en puerta de la escuela revisando a todos los alumos que llegaban tarde, viendo si se tenían el cabello cortado a la altura donde debían tenero o si se habían cortado las uñas esa mañana. Virgilio suspiró y resignado, se acercó al hombre mal encarado.

Este lo miró de pies a cabeza y, al ver sus pies mal limpiados y descalzos, le dijo:

—No te bañaste, así que serás castigado. Va a pararte junto a esos tres niños que están parados allá.

Pero Virgilio no hizo caso, en su lugar dijo:

—Se equivoca, señor, yo me baño todos los días en el río Siguacán, lo pies hoy los traigo sucios porque no tengo zapatos y como estaba lloviendo, me llene de lodo.

El director se puso rojo de la furia y, cogiendo una banda de hule, le pegó en el brazo.

—¡No me faltes el respeto, niño mentiroso!

Después de siete minutos, ya que todos los niños habían entrado, el director llamo a dos de sus alumnas que cruzaban el cuarto grado en el salón donde él daba clase y les dijo:

—Llévense a estos cuatro niños al pozo y que saquen agua, luego báñenlos en la pileta.

Virgilio, al escuchar eso empezó a temblar de miedo y querer escapar de la escuela, pero las niñas no lo soltaban de la camisa. Ellas tenían que obedecer la orden del director y depués de haber sacado el agua del pozo le tocó el turno a Virgilio de bañarse.

Cuando sintió el primer cubetazo de agua sobre la cabeza, Virgilio tembló del frío que lo invadió, más cuando al segundo cubetazo de agua, se le mojó todo el uniforme. Entonces se sintió lleno de rabia, vergüenza y coraje.

¿Es que el director tiene una mala mañana? ¿O no sabe que algunos de los que somos pobres no podemos comprarnos unos zapatos?, se preguntó a sí mismol.

El chico levantó la cabeza y miró al cielo, preguntándole a Dios por qué le ocurrían este tipo de cosas.

De pronto, miro que por la ventana de su salón de clases, sus compañeros no dejaban de reírse de él y de sus otros tres compañeros, burlándose de la situación.

Solo me juzgan, pensó. Regresó al salón con cara de pocos amigos, no queriendo ver a todos esos tontos que eran sus compañeros; sin embargo, no tuvo otra opción, era soportarlos o volver a ser castigado.

No obstante, cuando estuvo dentro de la clase, pensó que esa escuela ya no era para él.

La maestra por su parte ni si quiera le presto atención, en su lugar le dijo que eso le pasaba por ser un niño sucio. Con esas palabras, Virgilio se sintió todavía más enfurecido. ¿Cómo esas personas no podían interesarse por sus alumnos? ¿Cómo no se daban cuenta que no todos tenían los mismo recursos que otros?

Detesto que me critiquen por ser pobre, que me juzguen sin piedad y, sobre todo, que se burlen de mí.

Cuando llegó a casa, le contó a su madre lo sucedido ese día y Felipa le aseguró que iría al otro día a hablar con el director.

No obstante, al otro día, Felipa prefirió no ir a la escuela por miedo a que tanto el director como la maestra de Virgilio lo comenzasen a llevar mal en las clases. Sin embargo, eso lo único que hizo, fue que Virgilio ya no quisiera saber nada de la escuela. Para él, ese lugar era un tontería.

Así que habían días en los que iba y días en los que no.

Pero, no fue sino hasta un par de semanas después del incidente, que en la escuela se anunció una competencia para ver quién corría más rápido y así llevarlo a competir con otras escuelas del pueblo.

Llegó el día lunes y fue la competencia, aun cuando no tenía muchas ganas de participar, lo hizo y quedó en segundo lugar.

Con esto, no solo los profesores quedaron impresionados, sino también el director. Cómo era posible que un niño que ni siquiera tenía zapatos pudiese ganar la competencia.

—El viernes irás a representar a la escuela —le dijo el director.

Al principio Virgilio se molestó, pero lugo dijo que estaba bien.

Cuando llegó a casa le contó a su mamá y esta le dijo que estaba bien, que podía ir a correr. Pero al llegar el viernes, en casa no había nada qué comer. Se habían terminado los frijoles y tampoco tenían huevos ni tortillas.

Por un momento Virgilio pensó en si ir o no, pero al final de cuentas decidió asistir a la competencia.

Cuando la carrera estaba por comenzar, uno de los profesores pregunto si todos los competidores habían desayunado ese día, ya que era importante no tener el estómago vacío. Sin embargo, Virgilio no quiso decir nada. Prefirio quedarse callado porque, en su mente pequeña, necesitaba demostrar a todos en su escola que él era más de lo que ellos creían que era.

No obstante y a pesar del dolor de tripa y de cabeza que tenía, Virgilio logró quedar en el segundo. Eso hizo que el viejo rabo verde de su director ovaciara su nombre. Pero Virgilio lo detestaba por ser un viejo hipócrita y desiteresado hacia las necesidades que algunos de sus alumnos atravesaban.

Al dia siguiente Virgilio, llegó a la escuela muy contento por haber ganado el segundo lugar y algunos de sus compañeros lo felicitaron, otro no.

Así sucesivamente fueron pasando los días, hasta que en poco tiempo, solo faltaba un mes para finalizar el ciclo escolar. Entonces Virgilio quiso saber si esta vez sí ganaría el año.

—Sí vas a ganar, Virgilio —dijo la maestra Isabelle—. Raspado, pero lo lograrás cruzar.

Virgilio se puso muy feliz con la noticia y cuando llegó a casa, lo primero que hizo fue contárselo a su madre.

Felipa se puso contenta por su hijo, porque había visto el gran esfuerzo que Virgilio hacía todos los días con tal de ir a estudiar.

—Me alegro por ti, cariño —felicitó—. ¿Vas a volver el otro año? —quiso saber.

Virgilio asintió con la cabeza.

—Sí, má… ¿Por qué?

Felipa se encogió de hombros.

—Hay rumores de que abrirán una escuela cerca de aquí. Al parecer se va a llamar Socorro.

Virgilio se alegró con la noticia y pronto el año escolar terminó y, tal como la maestra Isabelle le dijera, ganó el grado.

El chiquillo empezó a ver quién le daba trabajo para comprarse de nuevo sus cuadernos y su mochila y prepararse para el segundo grado. Y, conforme pasó ese mes, llegó de nuevo el veinticuatro de diciembre y Virgilio cumplió nueve años.

Esta vez ya estaba listo para volver a la escuela a su segundo grado de primaria. No obstante, mientras llegaba el primer día de clases, no dejaba de trabajar, porque ahora quería poder comparse un par de zapatos a parte de sus útiles escolares.

Pocos días antes de que Felipa lo fuera a inscribir, esta le dijo:

—¿Querrás que se te inscriba en la nueva escuela?

A lo que Virgilio negó con la cabeza.

—Nop, quiero seguir yendo en la que ya estaba —fue su respuesta.

Felipa lo observó con curiosidad, pero no insistió más y, a pesar de no estar muy contenta con la decisión de su hijo, sobre todo porque no lograba olvidar lo sucedido el año anterior, lo fue a inscribir al día siguiente.

En su ingenua mente, Virgilio creía que los tratos para con él de parte del director y de la maestra cambiarían por el simple hecho de que el año anterior, fue representante de la escuela en los maratones municipales.

Finalmente llegó el primero día de clases y como siempre, el chiquillo se levantó de madrugada, se preparó y se puso en camino para llegar temprano. Cuando llegó a la institución, busco clase de segundo primario e ingreso.

—Buen día, maestra —saludo a la profesora—. ¿Es usted la profesora Francisca?

—Así es jovencito —respondió la mujer—. ¿Quién eres tú?

—Me llamo Virgilio.

—Ah, sí. Te tengo apuntado en mi lista. Ahora ve a la fila y espera a que te llame.

Como la maestra se lo ordenó, Virgilio le hizo caso y esperó hasta que fue su turno. Sin embargo, era uno de los últimos en la lista, por lo que le tocaba sentarse hasta el fondo del salón.

—¿Por qué me mandaron hasta el fondo? —preguntó—. Mi mamá me dijo que era uno de los primeros en la lista.

La maestra lo miro con indiferencia.

—Ese será tu lugar.

Luego de eso, la maestra comenzó la clase con una dinámica: cada niño debía pasar al frente a dar su nombre y decir qué era lo que más les gustaba. Cuando fue el turno de Virgilio, este notó que sus copañeros de enfrente lo obsevaban despectivamente, pero él los ignoró. Tal vez era porque llevaba el pantalón arremangado hasta las rodillas o porque iba descalzo. No lo sabía, pero tampoco le importaba. Al finalizar la clase, la maestra preparó la lista de limpieza; a Virgilio le tocaba los días jueves.

 Los días comenzaron a pasar y, aunque el chiquillo intentaba poner todo su esfuerzo, habían veces en las que no se podía concentrar. No porque no quisiera, sino porque sus comenzaron a hacerlo la burla de la clase, debido a su falta de zapatos y sus pantalones remendados.

Pocos meses después de que el ciclo escolar comenzara, la profesora Francisca tuvo que suspender sus actividades como maestra por problemas de salud. Ante esto, llegó una nueva maestra: Allison. La maestra suplente que sustituiría a Francisca durante el tiempo que esta necesitase la suspensión. Allison llegó como un ángel para salvar a segundo primaria, era esposa del profesor Steven y maestra de tercero primaria, también.

Sin embargo, y a pesar del dinamismo de la nueva maestra, a Virgilio no se le quedaba nada de lo que aprendía en clase.

Así transcurrió el tiempo hasta llegar a medio año.

Como cada martes, el director y todos los maestros tenían su reunión matutita que duraba alrededor de una hora.

Así, antes de irse a la reunión, la maestra dejó ejercicios escritos en el pizarrón para que los alumnos los realizaran y luego salió del salón. Sin embargo, la mayoría de los niños, en vez de hacerlos, se pusieron a molestar, otros a pintar los escritorios y otros más a jugar entre sí.

No obstante y, a pesar de querer hacerlos, Virgilio no se sentía bien. Ese día no había podido comer nada porque en casa no tenían comida y la cabeza le dolía, a parte, se había comenzado a dar cuenta que no veía bien las letras y tampoco los números cuando no tenía nada en la barriga.

Sin embargo, Virgilio no quería que esto fuera una limitante y se decidió acercarse al pizarrón para copiar los ejercicios que tenía que realizar.

Cuando llegó ahí, el grupo de compañeros que siempre lo estaban molestando y haciendo la burla de él, comenzaron a molestarlo, pero Virgilio hizo oídos sordos y se concentró en su cuaderno. Cuando terminó, uno de sus compañeros dijo:

—¿Terminaste? —Virgilio asintió—. Déjame ver.

Virgilio se lo enseñó y luego caminó hacia su banca.

Una hora después, regresó la maestra de la reunión y empezó a dar clase de nuevo. Hasta ese momento todo iba bien, pero quince minutos antes de ir a la refacción, la maestra metió la mano en su bolsa y, mientras buscaba lo que necesitaba, se dio cuenta que se le habían perdido ciento setenta y cinco quetzales.

La profesora se volvió como loca buscando el dinero, no sabía si lo había dejado en su casa o botado en la calle o dejado botado en la reunión. Luego empezó a echarles la culpa a los niños del salón y a preguntar quién se había acercado o sentado en el asiento de ella, nadie de todos los niños del salón decía nada, entonces, Allison dijo:

—Se quedan sin recreo hasta que digan la verdad.

Entonces, los cuatro niños que habían estado sentados en el asiento de la maestra se levantaron y fueron hacia ella. Ahí comenzaron a habalr entre ellos.

Entonces, la maestra se levantó del escritorio, enfurecida como una fiera y mando a todos a fuera, menos aVirgilio.

—Tú no puedes salir —le dijo—. ¡Ya me dijeron tus compañeros que eres un ladrón!

—¿Qué?

Allison se acercó al escritorio de Virgilio y lo azotó.

—¡Tú robaste mi dinero y quiero que me lo devuelvas!

Virgilio se asusto y negó con la cabeza.

—Yo no hice nada, maestra —le dijo.

—Voy a revisarte la mochila…

—¡Entonces hágalo! —le gritó Virgilio—. Yo no tome nada. No soy un ladrón.

La maestra desesperada, comenzó a revisar las cosas del niño, pero no consiguió nada.

—Llamare a tu madre y a la policía también. Eres un ladrón y no quieres devolverme mi dinero.

Ante eso, Virgilio se asustó aún más. ¿Lo meterían preso? ¿Iría a la carcer tan joven? Negó con la cabeza enfáticamente, pues él no era ningún ladrón.

—Usted no puede hacer eso, yo soy ningun ladrón. Yo no tomé nada. Además, soy parte del coro de la iglesia.

—Eso no importa —dijo la profesora—. Un niño cuando tiene mañas de robar, no se le quitan aunque se crea muy cristiano.

Virgilio se puso triste y con los ojos llorosos, se sentó en su pupitre pensando en la primera vez que lo habían juzgado ahí dentro de la escuela. Se había sentido igual, entonces.

Mientras pasaba el recreo, Virgilio pensaba en lo que tendría qué hacer ahora. Sin embargo, cuando el receso terminó y sus compañeros volvieron, estos comenzaron a burlarse de él llamándolo ladronzuelo.

Una vez ya todos adentro vino el director y lo llevo donde él.

—Dime la verdad —le dijo una vez estuvieron en su oficina—, de lo contrario te pasaras aquí todo el día.

Pero al ver que Virgilio no decía nada, le metió dos reglazos.

—¡Dime!

—Ya le dije a la profesora que no robé nada —le dijo al borde la cólera.

El director lo observó y luego lo mandó de regresó a su clase. No obstante, cuando dieron las doce del medio día, la profesora Allison despidió a todos, menos a Virgilio.

—Tú no te vas, hasta que regreses el dinero que robaste —dijo.

Virgilio se quedó sentado en su escritorio viendo cómo pasaba el tiempo, luego dijo:

—Yo no robé nada.

Enojada, la profesora le entregó una nota.

—Dasela a tu mamá para que vea la clase de hijo que tiene.

Al llegar a casa, Virgilio le entregó la nota a su mamá, pero como esta no sabía leer, le explico lo que sucedido ese día en la escuela.

—Debo devolver ese dinero, mamá —terminó diciendo—. Sino, me van a meter a la carcer

Felipa se enojó ante lo que escuchaba. Ya era demasiada vergüenza que a su hijo lo molestaran a diario, como para que ahora lo estuviesen acusando de ladrón.

—Por eso te dije que te cambiaras de escuela.

—No creí que esto fuese a suceder, mamá —replicó el chiquillo, con dolor en la voz.

Felipa soltó un suspiro, pero esto no se podía quedar así. Así que al otro día se presentaría en la escuela.

Al otro día Felipa se presentó en la escuela y escuchó todo lo que el director y la maestra le dijeron, cuando ambos terminaron, Felipa dijo:

—Conozco a mi hijo y sé que no es un ladrón. Aunque seamos pobres, Virgilio no toca las cosas que no son de él. El año pasado toleré que se le humillara, que lo bañaran con agua fría y lo llamaran sucio, cuando mi hijo se baña todos los días en la casa. —Felipa estaba enojada, recordando todo lo que su hijo había sufrido el año pasado—. Esto ya es suficiente, señor director. Primero la maestra del año pasado, luego usted y también los demás alumnos.

»Yo no dije nada cuando lo bañaron y todos los niños mirando, ustedes no tiene vergüenza. Mi hijo es pobre, sí, pero jamás en su vida ha llevado algo ¡que no es de él! ¡Nosotros, señor, le enseñamos a nuestro hijo cómo respetar! ¡Pero es obvio que a ustedes nunca les enseñaron a respetar a los pobres! ¡Mi hijo no es ningún ladrón!

Ante esto, el director y la maestra se quedaron callados.

Luego de haber aclarado el malentendido, Virgilio pudo seguir estudiando en la escuela, pero para él, ya no era lo mismo. Los profesores lo ignoraban y sus compañeros se burlaban de él de forma horrenda, llamándole pobre, ladrón y otro tipo de apelativos ofensivos que lo lastimaban emocionalmente.

Dos meses antes de que terminara el ciclo, regresó la profesroa Francisca y le dio las gracias a la maestra Allison, pero antes de que esta última regresase a su clase, le contó lo sucedió con Virgilio y le pidió que lo reprobase.

Virgilio se puso muy contento de que su maestra guía regresara; sin embargo, ella tampoco fue lo que esperaba. Lo trataba distante y hasta lo ignoraba.

Poco antes de que acabara el meso, a Virgilio se le ocurrió preguntarle si ganaría en grado, a lo que la profesora le respondió:

—No, no tienes buenas calificaciones y por ser ladrón, tampoco dudo que pases.

Virgilio al escuchar eso se puso muy triste y con un nudo en la garganta y el pensamiento nublado al escuchar semejantes palabras y sin tener ninguna prueba lo seguía juzgando dijo:

—Hasta aquí nada más. Mañana ya no vengo.

Llegaron las doce y Virgilio no se despidió de nadie, se fue de la escuela sin decir adiós y sin despedirse de nadie.

Al llegar el otro día Virgilio fue hablar con la maestra de la escuela que quedaba más cerca de su casa y que apenas tenía ese año de haber abierto. Hablo con la maestra y le dijo lo que le había sucedido. Al terminar de escucharlo, la maestra se puso a llorar.

—A mí también me pasó lo mismo, chiquillo —le dijo.

Virgilio sonrió con alegría, sintiendo que estaba vez estaba frente a una maestra sensata.

—¡Aquí con usted podré aprender!

La maestra sonrió.

—Claro que sí. Ven mañana y, aunque tengas que estudiar noviembre y diciembre para pasarte el grado, lo haremos.

Al otro dia Virgilio se presentó a su nueva escuela que, aunque, estaba formada por tablas de coco y asientos de coco, no discriminaban a nadie. Ahí la mayoría de niños estaban descalzos y no pasaba nada.

Un domingo que Virgilio fue a la misa, se encontró por casualidad a la maestra que lo había juzgado.

—¡Virgilio! ¿Por qué ya no fuiste más a la escuela? Le mande una nota a tu mamá y nunca contestó.

Virgilio le respondió:

—Me cambié de escuela y a donde voy ahora, mi maestra me enseña bien y aceptan a todos los niños pobres y descalzos.

La maestra al escuchar esas palabras arranco su moto y con un gesto en la boca dijo adiós y se fue.

Virgilio se fue a su casa, preguntándose por qué siempre le sucedían problemas. Cuando llegó a casa, saludó a su madre y le contó lo que había sucedido.

—Es parte de la vida de un ser humano y ya verás, conocerás cosa que todavía no has visto.

Virgilio se le quedo viendo y escuchando con atención a su mamá.

—Lo que me espera la vida —dijo.

Mientras pasaba los días Virgilio estudiaba y trabajaba en el campo, sembrando y cortando manea para poder comprarse de nuevo sus cuadernos y su mochila para empezar el año completo en la escuela "El Socorro".

Capítulo Cinco

"La Mejor Solución Fue "El Socorro"

Virgilio seguía trabajando y pronto llegó otro veinticuatro de diciembre y ahora cumplía diez años. Estaba estaba muy contento porque, a pesar lo sucedido el año pasado en la escuela anterior, iba a empezar en otra nueva donde se encontró a la maestra que lo ayudó a pasar los exámenes de noviembre y diciembre para pasar el segundo grado.

Virgilio estaba contento y pronto comenzarían las claes. Esta vez sí sentía que estaba preparado, a parte, seguía trabajando en los sembradillos; con eso pudo jungar para comprarse un par de zapatos y, aunque sabía que, si se descomponían, tendría que volver a caminar descalzo, ya no le importaba. Ya no tenía más complejos sobre su condición; como le dijera la maestra de El Socorro, si ella pudo, él también podría.

Finalmente llegó el primer día de clases y, como siempre, el chiquillo se levantó muy de mañana para preparse. Estaba feliz y entusiasmado, después de todo, era un nuevo comienzo.

La escuela El Socorro era parte de una fundación que ayudaba a niños de escazos recursos —Fundación Azúcar—, así que le daban la mayoría de material; sin embargo, esta, estaba ubicada en medio de una arboleda de aguacates y por los cuales, pasaban dos ríos. Su salón de clases estaba ubicado al fondo de una bodega donde antes de convertirse en la escuela era un almacen de maíz para la finca que donó el lugar.

Pero, con las horas que pasaban, la maestra Vilma les fue explicando a los niños que en un futuro podrían tener una escuela más grande.

Cuando llegó la hora de salida, la maestra se acercó al chiquillo y preguntó:

—¿Cómo te sentiste en tu primer dia de clase?

—Bien, gracias —respondió.

Sin embargo, la profesora dijo:

—Tendrás que repetir el año anterior. Debido a lo atrasado que venías el año pasado, el director no quiso aprobar tu nivelación.

Virgilio escuchó atentamente a la maestra y asintió con la cabeza.

—No hay problema, maestra —respondió.

En ese primer día, Virgilio conoció a más niños como él: sin dinero y sin zapatos. Todos eran muy amigables y se llevaban bien, incluso, ya lo había incluido en su circulo de amigos. Entre ellos hablaron sobre la ilusión que tenían de comprarse un par de tenis Nike y, juntos pedían que pudiesen lograr ese seuño.

No obstante, por el momento no podían hacer más que quedarse únicamente con las ganas y seguir utilizando sus botas de hule para ir a trabajar dos horas en la madrugada en los sembradillos, antes de ir a la escuela. Muchos niños hacían esto, al igual que Virgilio y también, algunos se pasaban dando un baño rápido en el río para no llegar sucios a la escuela. Sin embargo, había algo que a todos los entristecia: no tener tanto tiempo para estudiar como desearían por tener que trabajar.

Sucesivamente fueron pasando los meses y Virgilio aprendía cada vez más. Aprendía sobre los números, la cultura de su país, las costumbres y la constitución. Virgilio no podía estar menos feliz con el ambiente que ahora respiraba, ni con los amigos que tenía.

Pronto llegó septiembre, mes en el que se celebra el día de la independencia de Guatemala y, como cada año, Virgilio hubiese deseado poder estrenar un par de zapatos para ese mes. Sin embargo, no tenía el dinero suficiente para poder comprárselos, así que se quedó con las ganas.

Sin darse cuenta, terminó su primer año escolar en la escuela El Socorro.

Capítulo Seis

El Brujo o Dios

"La creencia vieja de los antiguo tiempos que todavía no se la quitan de hacer"

Llegó diciembre y Virgilio cumplía once años y, como siempre, desde que terminaban las clases en octubre, se ponía a trabajar en el campo junto a su papá para poder ahorrar y comprarse a fin de año un pantalón nuevo, una camisa y sus útiles escolares para inciar el nuevo ciclo escolar.

Pronto llegaron las fechas para inscribirlo en tercero primaría y Felipa no dudó en irlo a inscribir a la escuela. Este año, la maestra Vilma tenía asignados los grados de cuarto, quinto y sexto de primaria.

Virgilio llegó el primer día de clases demasiado emocionado por volver a la escuela y, aunque estaba un poco triste creyendo que no volvería a ver a sus amigos, no fue así: estos también llegaron y se reunieron con él para platicar lo que habían hecho durante las vaciones.

Luego se organizaron para ir juntos al trabajo en la madrugada y luego ir a la escuela y pronto, todos los chiquillos se formaron una rutina en la que, antes de ir a estudiar, trabajaban dos horas en el campo y así fue avanzando el tercer grado de primaria para Virgilio en la escuela El Socorro; donde aprendía de todo, desde la cultura indígena a la que él pertenecía, hasta la forma correcta de cómo sembrar un árbol. Virgilio le tomó mucho cariño a su maestra, pues esta siempre lo alentaba a seguir aprendiendo, a no rendirse jamás y a echarle ganas al estudio.

Ella con sus palabras alentadoras decía que si se esforzaban en todo lo que se les enseñaba y sacaban buenas notas, la fundación pronto les regalaría una escuela mucho más grande en la que todos los niños tendrían el salón del grado que les correspondía.

Un día por la mañana, Virgilio se levantó sin ganas de ir a la ecuela. No tenían nada qué comer y a él le crujían las tripas del hambre.

—¿Cómo que no vas a ir? —preguntó su madre, viéndolo sobre la cama.

—Tengo hambre, mamá. Estando allá solo me dará dolor de cabeza.

Felipa soltó un suspiro.

—Vas a ir. Ve al patio y corre a la gallina. Cuando la atrapes, me la traes que la voy a ir a vender. Con eso traeré comida y también porque tengo que comparle medicina a Naito.

—¿Qué tiene mi tío? —preguntó Virgilio, mientras se cambiaba la ropa.

—Esta enfermo, le duelen los huesos. Algunos vecinos dicen que es brujería, que se la hizo mi otro hermana y otras que fue su exmujer. Ahora ve, trae a la gallina.

Virgilio hizo lo que su mamá le ordenaba y fue a atrapar a la gallina.

Como Virgilio no tenía ni chancletas ni zapatos para ponerse, en la corrida que le dio a la gallina se paró encima de una botella quebrada haciéndose una herida grande en el pie, pero así pudo agarrar la gallina. Una vez ya agarrada la gallina su mama corrió a vender la gallina al pueblo y con eso pudo comprar algo de comer y las pastillas de su hermano.

A medio camino Felipa encontró a doña Micaela, más conocida en el caserío como la señora del corte Negro.

—Felipa, ¿qué haces por acá? —preguntó la señora.

—Vine a vender una gallina y a comprarle unas pastillas a mi hermano Leonardo.

Micaela al escuchar lo que le dijo Felipa le dijo:

—Si quieres te recomiendo un curandero para que lo cura. Él puede estar embrujado.

Felipa soltó un supiro.

—Yo no creo en eso, Micaela —dijo—. Pero mi hermano y su mujer sí lo hacen. Igual dame el nombre del curandero, se los voy a dar a ellos para que vean qué hacer.

Entonces, doña Micaela le escribió el nombre del curandero en un papel y se lo entregó.

—Gracias —dijo Felipa—, pero no sé leer. Mi cuñada sí, así que lo voy a dar.

Luego comenzaron a hablar sobre cosas triviales, hasta que Felipa se despidió y regresó a casa.

Estando en casa, le dio la medicina a su hermano y le contó lo que doña Micaela le había dicho sobr el curandero.

—Puede ser que sí —dijo Leonardo.

Entonces, Felipa le entregó el papel con el nombre a su cuñada y esta lo leyó. Cuando Estela la miro, no tenía buena expresión.

—¿Conoces al curandero, Estela? —le preguntó, a lo que esta asintió con la cabeza.

—Es un brujo —comentó.

—¿Y crees que él pueda ayudarlos? —Estela volvió a asentir con la cabeza—. Entocnes ve a con él lo antes posible.

Estela no lo pensó dos veces y montándose en su bicicleta, se fue en busca del brujo.

Cuando regresó, eran más de las siete de la noche y todos estaban expectantes a lo que fuera que el brujo le hubiera dicho.

—Y… ¿qué te dijo? —quisieron saber.

Estela se tronó los dedos y dijo:

—El brujo dice que su hermano mayor y la amante de Leonardo les están haciendo brujería a todos para que fallezcan. También dice que para poder hacer la curación, cobra veinte quintales de maíz o que también acepta animales.

—¿Y cómo haría la curación?

—Con montes y venite candelas blancas, amarillas y verdes.

Felipa al escuchar todo lo que el señor curandero mandaba a decir con Estela tuvo miedo y preocupación, porque estaban en peligro de muerte; así que se pusieron de acuerdo con sus hermanos en reunir y comprar las candelas, junto con los montes naturales y reunir los veinte quintales de maíz para ser salvados de la muerte y de la brujería.

Una vez ya se habían puesto de acuerdo mandaron a Estela de regreso donde el brujo que llegara a la casa a curar a Leonardo y también que curara a toda la familia.

Cuando el curandero escuchó lo que decía la familia de Felipa, al día siguiente a las siete de la mañana, lentamente llegó con su yegua y la ató junto a una cerca y dijo:

—Ahí está María, ahí está María.

Estela salió y respondió:

—Sí, aquí es.

El curandero entró y miró a todos.

—Vengo a salvarlos antes de que mueran. Sus nombres están en el cementerio, pero tienen que tener fe y seguir todo lo que les digo.

Virgilio escuchó esas palabras que dijo el curioso curandero y preguntó a su madre:

—¿Él es Dios?

—No, no es Dios, pero nos salvará. No digas nada, solo escucha.

Todos escucharon atentamente al brujo: debían bañarse con el agua y pasarse las velas, una a una o de lo contrario morirían. Este también decía que, si no lo hacían, terminarían arrastrándose por el suelo junto a sus bolas de ropa, ya que esto había sido lo que pidieron el hermano mayor y la cuñada al no recibir dinero de parte de Naito.

Virgilio, al ver todo lo que pasaba, se quedó sentado en un tocador de madera, pensando en la luz que vio al nacer y que siempre veía todas las noches cuando se dormía.

Virgilio al ver que todo lo que ese hombre hacía con su familia, tuvo ganas de ir al baño y, una vez dentro del sanitario, comenzó a pensar en todo lo que las monjas le enseñaron en la iglesia.

—Yo no creo lo que ese hombre dice —dijo en voz alta.

Cuando regresó a la casa, se dio cuenta que el agua con la que se tenían que bañar, se había terminado. Ahora solo debían pasarse las velas. Virgilio

se sentó cerca de las velas y uno de su tío pasó de frente de él preguntando si ya lo habían bañado y pasado las velas.

Virgilio respondió que sí. Entonces recordó su primer día de escuela, mientras observaba los cuadros que el curandero hizo sobre el piso y la idea de saltar sobre estos y sobre las velas le cruzo por la cabeza. Pero no podía, pues según el brujo, era de mala suerte. Sin embargo lo hizo: Virgilio saltó con todas sus fuerzas sobre las velas.

Cuando el brujo lo vio le gritó

—¿De quién es ese niño? —quiso saber—, este niño iba a agarrar la maldición de toda la familia por haber pasado por encima de las velas.

Gritando, añadió:

—¿Por qué hiciste eso? En este momento eres el que tiene la maldición.

Virgilio, al oír eso salió a jugar. Después de una hora, su madre lo llamó para preguntarle que por qué había pasado por alto las velas. El chiquillo le respondió que porque le dieron ganas de saltar sobre tantas velas.

Finalmente, cuando el brujo terminó, todos le dieron su parte de la paga y este se fue. No obstante, Leonardo no se curó como lo prometiera el brujo.

Naito, se puso más enfermo de lo que estaba y Felipa lo tuvo que llevar al hospital donde el doctor le diagnóstico gastritis por no comer bien y artritis por quedarse tirado en la calle por beber alcohól. Así pasaba el tiempo siempre, con sus creencias buenas y sus creencias malas y nunca cambiaban dentro su familia.

Todos peleaban entre ellos cada semana, a veces por cosas sin sentido. Hasta que un día en el mes de abril no hubieron clases en la escuela y Virgilio y sus demás primos y primas decidieron ir a trabajar a cortar maní. Ellos fueron a trabajar para poder tener algo de dinero. Eso era solo para comprar en la escuela, mientras que pasaban las dos semanas.

Allí encontraron a dos señores, uno llamado Cris y el otro Delfino. Eran dos personas nuevas que llegaron para vivir y trabajar en la comunidad, pero nunca los habían visto en su vida. Uno de ellos preguntó a Virgilio y a sus otros primos si tenían una iglesia católica en la comunidad donde vivían.

Los chiquillos respondieron que sí, que a cada poco celebraban primeras comuniones y bautizos, pero que nade asistía ni practicaba la religión.

Don Cris dijo que estaba triste por los católicos de la renovación carismática y Virgilio y sus demás primos le dijeron que lo sentían mucho, pero que no había una iglesia católica en la comunidad.

En ese momento Don Cris empezó a explicar qué era el catolicismo y cómo empezó. También explicó las obras de la iglesia católica y les enseñó lo que necesitaban para tener un cambio total a lo que se practicaba. Al principio solo era para ser la primera comunión o simplemente ir con los demás y dejar todo ahí, pero después de unos días Don Cris pidió a todos en el pueblo que se reunieran y les enseñó cómo se practicaba la renovación carismática.

Finalmente, ese día todos se conocieron y les gustó tanto la renovación carismática que aún hoy siguen siendo católicos y con el tiempo dejaron atrás todas las malas creencias de la brujería y las creencias de la hechicería; comenzaron a enfocarse más a respetar a Dios y, a partir de ese día, todo cambió. La comunidad puso un día del mes de abril para conmemorar cada año como un aniversario celebrando la renovación de sus vidas y dejando así atrás sus malas prácticas, hechizos.

Como siempre había uno que nunca quiso cambiar y era por supuesto Leonardo, siempre tuvo vergüenza de no compartir ni repartir la tierra para sus hermanos y hermanas.

Pasaron los días y finalmente ya estaba de regreso para terminar el año escolar, Virgilio había pasado el tercer grado y se estaba preparando para el cuarto grado.

Muy feliz porque en ese año tuvo una larga experiencia con su madre y el drama de su familia, aun así, terminó el año y aunque todavía eran pobres habían cambiado sus malas costumbres. Sin embargo, la pobreza nunca cambió y así, una y otra vez, Virgilio se preparó trabajando para comprar sus cuadernos y libros para comenzar el cuarto grado.

Felipa estaba muy feliz porque Virgilio estaba aprendiendo un poco más cada año y ella creía que algún día terminaría la escuela y podría salir adelante en la vida con un mejor trabajo en el futuro.

Virgilio comenzó un nuevo año en la escuela y, como siempre, lo recibió la maestra Vilma. Su clase fue una de las clases que ella compartía con quinto y sexto. Los amigos y compañeros de Virgilio, como siempre, iban descalzos a la escuela.

Sin embargo, no podían hacer más que conformarse con lo que sus padres podían darles, aún así, siempre estaban pensando en cómo trabajar más los días que no asistían a clases.

Pasaron los días y unos meses en la escuela hasta que un día, la profesora Vilma dijo con una sonrisa a todos los niños que estudiaban en la bodega que ahora se transformaría en una escuela y para todos. También les dijo que recibirían escritorias para cada uno y que estos los tendrían que cuidar hasta que se graduaran de sexto.

Virgilio y sus demás amigos sonrieron, a ellos todavía les faltaban dos años para graduarse, por lo que tendrían que cuidar sus escritorios cuidadosamente.

Al otro día, la mestra Vilma pasó en medio de las filas de escritorios y, al ver a sus alumnos dij:

—Tengo otra sorpresa para ustedes.

Virgilio creyó que les daría un pastel o algún dibujo, pero no fue así, en su lugar dijo:

—Como la fundación ha visto lo buenos alumnos que son y el gran desempeño académico que han tenido, ha iniciado planes de construir la escuela y estará lista para fin de año.

Todos los días, desde que trajeron los nuevos escritorios en la pequeña bodega, hubo una alegría entre todos los alumnos.

Un día Virgilio y sus compañeros empezaron a hablar entre ellos y sobre un plan para formar un partido de fútbol contra otra escuela. Todos se pusieron de acuerdo en hablarle a la maestra Vilma para que los ayudara a invitar a la otra escuela, a lo que la maestra no se negó. En su lugar le pareció una gran idea y así, inviaron a la escuela donde Virgilio había estudiado antes.

Al día siguiente, la maestra Vilma envió la nota a la escuela donde Virgilio estudió anteriormente y, a los tres días, la nota regresó luego de decir que aceptaron jugar. Virgilio y sus compañeros de clase se pusieron muy contentos porque podrían jugar contra otros niños. Una escuela del gobierno, contra una escuela básica.

Finalmente, después de una semana, llegó el día del juego. Pero había un pequeño problema, Virgilio y todos sus compañeros no tenían zapatos para jugar al fútbol, tenían que jugar descalzo. Sin embargo, eso no fue ningún obstaculo para los estudiantes de la escuela El Socorro. Así que cuando el partido comenzó, todos y cada uno, le echaron ganas al juego, demostrando que los niños de bajos recursos también podían ganar y así lo hicieron.

En el último minuto de juego, Virgilio pateó la pelota y esta fue a dar directo al centro de la portería contraria.

Sin embargo, la otra escuela no aceptó la derrota, estaban enojados y comenzaron a gritar y a decir que querían una revancha. También aseguraron que en el siguiente partido iban a ganar.

Una semana después, Virgilio y sus compañeros fueron a la revancha. Virgilio no quería pasar por la escuela y mucho menos recordar cómo fue victimizado por lo que le dijeron y le hicieron ahí. Sin embargo, cuando llegó, se fue directo a la cancha donde iban a jugar.

El partido comenzó y, como la primera vez, la mayoría de los estudiantes de la escuela El Socorro, jugaron descalzos. Sin embargo, eso no impidió que lo dieran todo en la cancha y ganaran. El gol ganador fue de Virgilio y él se sintió muy feliz de haber metido un gol en la escuela donde tanto lo habían denigrado.

Una vez de regreso a la escuela, la profesora Vilma los felicitó a todos, diciéndoles que no importaba su condición económica, que todos y cada uno de ellos eran especiales y que nunca debían permitir que nadie les dijera lo contrario.

—Lo importante es estudiar, luchar y mirar siempre hacia el futuro y tener éxito —les dijo—. Ahora levanten la mano todos los que no tienen zapatos y repitan conmigo: hoy no tengo zapatos, pero, mañana voy a tener un par y lo lograré.

Virgilio y sus otros amigos continuaron caminando descalzos hasta la escuela. Hasta que unos días antes de fin de año terminaron de asistir a la vieja escuela porque la nueva que la fundación les había prometido ya la estaban terminando, para que pudieran entregársela a los maestros la semana antes de fin de año podrían comenzar a trasladarse a la nueva escuela. De esta manera también podrían ayudar a limpiarla y prepararla para el año siguiente. Virgilio y sus otros amigos de la escuela temporal comenzarían su quinto año en la nueva escuela.

Como siempre, a cada fin de año ya se había convertido un hábito para Virgilio, de comenzar a trabajar para comprar sus cuadernos y un par de camisetas y prepararse para el próximo año ya que su padre y su madre Felipa ahora estaban más enfermos. Su padre apenas podía ganar dinero, y lo que ganaba era solo para comprar frijoles y su medicina y lo que ganaba Virgilio todos los días se lo daba a sus padres para ayudarlos a comprar lo que les hacía falta en casa.

No obstante, ahora las preocupaciones eran más porque su madre había sido diagnosticada con cáncer, y lo poco que le quedaba en ese año solo le alcanzaba para comprarse un par de zapatos usados y con eso Virgilio regresó al año siguiente a quinto grado.

Virgilio cruzó su quinto grado, pero pensó mucho en si terminar los dos últimos años de primaria que le quedaban o trabajar para ayudar a sus padres. Luego pensó que era mejor estudiar durante los días que debían y trabajar los fines de semana en los campos de maíz de su padre con las personas que necesitaban ayuda, de esta manera podría ayudar a su madre con sus medicamentos.

Una tarde cuando regresó de la escuela, su madre le dijo:

—Si enfermo más de lo que estoy, tienes que prometerme que terminarás los dos últimos años que te quedan para darte tu certificado de sexto año. Así podrás encontrar un trabajo mejor.

Virgilio se lo prometió y comenzó a ir a la escuela para estudiar el quinto grado y finalmente pudo comprarse un par de zapatos usados. Ya no tenía que caminar descalzo a la escuela.

Virgilio volvió a encontrarse con sus amigos en la escuela en quinto grado y, como era de esperarse, la maestra Vilma se encargaba siempre de recibirlos con buena atención. Algunos de los amigos de Virgilio ya se habían ido, porque habían completado el sexto grado de primaria.

Y de los que quedaron, algunos pensaban en ya no seguir estudiando debido a las dificultades económicas que pasaban. Muchos querían trabajar y poder ganar dinero para ayudar a sus padres.

Virgilio y algunos de sus amigos tenían que ir a la escuela descalzos o usar los zapatos de sus padres, que eran tallas mucho más grandes que las de ellos. A veces incluso tenían que poner un periódico o tela para que los zapatos les quedasen bien y no se cayeran.

Con solo unos días de haber comenzado la escuela, muchos de los amigos de Virgilio decidieron que ya no asistirían a la escuala porque no tenían dinero, a veces ni siquiera para comer. Por otra parte, tampoco tenían ropa, a veces tenían que ir con la ropa de sus papás, las cuales les quedaban enormes.

Un día, Naito se levantó sintiendo que no le quedaba mucho tiempo más de vida, así que reunió a sus cinco hermanos para decirles que contrataría un abogado que los ayudase a dividir el terreno de sus padres de forma equitativa.

Sin embargo, cada uno tendría que dar su parte de dinero para que el abogado les tramitara las escrituras. Pero Leonardo seguía siendo codicioso y avaro, pues de no haber estado enfermo, no habría repartido nada. No obstante, no tendría un final bonito.

Un día que estaba que estaba llevando sus jornales de maíz a casa, le pidió favor al chofer que transportaba el resto que lo llevase, a lo que este aceptó. Sin embargo, Naito pronto se dio cuenta que no había sido buena idea. Cuando llevaban una hora de camino, el camionetero aumentó la velocidad y este perdió el control cuando el camión se volcó en el barrando cuando una de las llantas se fue dentro un agujero que estaba en una de las curvas de la carretera y debido a la caída, Leonardo salió volando por la ventana y se golpeó conta una roca afilada que estaba entre la maleza, muriendo en el instante.

A pesar de ser haber sido avaro, ladrón y codicioso, Leonardo dejó establecido en su testamento que sus tierras y pertenencias serían repartidas entre los hermanos que, según él, vivieron a su lado.

Sus hermanos lloraron su partida, pero Naito se fue cumpliendo la promesa que le hiciera a su madre en su lecho de muerte.

Días después de la muerte de Leonardo, Felipa, su marido y Virgilio, fueron a ver el terreno que le había tocado a ella. Este estaba en meio de dos ríos, pero era habitable.

—Mamá —llamó Virgilio—, ¿cuándo construiremos aquí nuestra casa? —quiso saber.

—La otra semana comenzaremos desarmar la casa que ya tenemos y tu papá verá si puede agarrar piezar de tablas que ya no sirven en la granja donde trabaja. Con eso podremos comenzar a construir nuestra casa aquí.

—Pero mamá —dijo Virgilio—, ¿no podemos construirla con block? Hay gente que así hace su casa.

—Porque esa gente tiene dinero, Virgilio. En cambio tu papá no gana lo suficiente para poder costearnos esos gastos, así que tenemos que conformarnos con lo que Dios nos da.

Una semana después, como Felipa le dijera, construyeron su casa nueva en el terreno de ella, con trozos de madera, lámina y bambú

Virgilio terminó su quinto año de primaria y, como siempre, en la mente del niño, se veía como un triunfador. Así que con fe y con el aliento de su madre, se inscribió en sexto grado.

Él sabía que no sería un camino fácil, que, como cada año, sería un reto. Pero quería graduarse de sexto, quería seguir estudiando, pues sabía que para poder tener un buen futuro y un buen trabajo, debía estudiar.

A pesar de que a veces llegaba cansado a la escuela, Virgilio nunca se rendía pues sabía que, si la maestra Vilma podía caminar varias horas para poder irles a dar clases sin quejarse, él también podía. Además, no podía perder ese año, pues no quería salir grande de ese grado.

Para él, si no pasaba de grado, ni él ni sus compañeros se volverían a ver, a parte que la maestra Vilma sería traslada el año siguiente para dar clases en el pueblo de Río Bravo.

Sin embargo, ese año, no pudo comprarse su conjunto nuevo de año, a penas y pudo comprarse sus útiles escolares, pues su madre estaba enferma nuevamente y su padre no ganaba lo suficiente para poder comprar los medicamentos necesarios, así que todo el sueldo que Virgilio podía ahorrar, lo utilizaban para comprar la medicina de Felipa y para poder arreglar las goteras que la casa tenía, pues la lluvia ese año fue arrasadora.

No obstante, su mamá le compró un pantalo usando con un vendedor ambulante. Felipa se lo compró por error, pues este era de mujer, aún así Virgilio lo utilizó para poder ir a la escuela durante todo el año. Sin embargo, tenía que utilizar la camisa de fuera, si no quería que los demás se diesen cuenta que no era un pantalón de hombre y él no quería que se hiciesen la burla de él.

Algo bueno de este año, era que sí tendría zapatos: las botas militares de su hermano mayor que se había ido al ejercito seis meses antes. Por lo menos estos sí combinaban con el pantalón verde que su madre le había comprado.

Así fue como Virgilio comenzó sexto grado.

Pasaron los meses, hasta que un día, la maestra Vilma les dijo que no tendrían clases por una semana y medio.

Virgilio se alegró por esta noticia, pues tendría una semana y media libre en la que podría trabajar mucho más tiempo y con eso podría ahorrar para comparse otro pantalón que no fuese de mujer.

Ese día que salió de la escuela, pasó por donde estaba don Cornelio, el hombre que daba trabajo a todos en la comunidad y Virgilio le preguntó su tenía trabajo para él.

—Claro que sí, muchacho —dijo el hombre.

—Y… ¿de qué será, don Cornelio? —quiso saber el chiquillo.

—Una plaga comenzó a molestar mis piñas, entonces necesito a alguien que fumigue el lugar. Pero solo será por tres días.

—Esta bien, don Cornelio. Yo le trabajare —aseguró Virgilio.

Al llegar a casa le contó a su madre que no tendrían clases durante una semana y media, luego también le dijo que don Cornelio le había dado trabajo para tres días.

—Entonces necesitaré lima para afilar mi machete —terminó diciendo.

Su mamá asintió con la cabeza.

De madrugada al otro día, Virgilio se fue a la finca de don Cornelio y, tres días después, ya tenía para comprarse otro pantalón.

Una vez salió de la finca de don Cornelio, Virgilio se preguntó qué harían durante el resto de días que tenía de descanso. No podía darse el lujo de no trabajar, necesitaba dinero.

Con la cabeza cabizbaja comenzó a caminar de regreso a casa, pero de pronto se topo con don Santiago, mejor conocido en el pueblo con el señor de las mentiras.

—¡Eh, Virgilio! —dijo este.

El chiquillo lo miro.

—Sí, señor —saludo.

—¿De casualidad no conoces de alguien que necesite un trabajo? —le pregunto. Entonces Virgilio respondió:

—Sí, yo necesito trabajar.

—¿Pero, qué no estás en la escuela? —preguntó Santiago.

—No tengo clases durante una semana y necesito trabajar.

—Esta bien, puedes empezar mañana —le dijo don Santiago.

—¿Y qué es lo que tendré que hacer?

—Tienes que juntar piedras en el río y echarlas en un camión y luego botarlas en otro camino.

Virgilio pensó que ese sería el trabajo más fácil que realizaría. Al otro día se fue a trabajar y cuando llegó a la orilla del río, vio que habían otras cuatro personas trabajando y les preguntó:

—¿Ustedes también trabajan aquí?

—Sí —respondió uno de ellos.

—Santi me envió a trabajar con ustedes —les dijo.

—Está bien, pero ¿comiste bien?

—No muy bien —respondió—, pero esto es fácil.

—No es tan fácil —le contestó uno—. Hay cuatro camiones que tienes que llenar con piedra. Pero primero hay que sacar las piedras del agua, recogerlas a mano y meterlas en el camión.

—¡Está bien! —contestó. En su mente, tuvo la visión de ver el par de zapatos que quería comprarse, y de lo feliz que estaría de no volver a usar los zapatos grandes de su hermano que le había regalado su mamá.

Virgilio pasó la semana y media de descanso, trabajando y, tanto le gusto el trabajo de las piedra, que se tomo la segunda semana entera. Después de esas dos semanas, regresó a la escuela con un par de zapatos y un pantalón diferente.

La profesora lo llamó y le dijo que tendría que ponerse al día con las materias atrasadas, a lo que el chiquillo respondió que no había problema. Después de todo, le gustaba estudiar.

Poco a poco se fue gastando el dinero de su último trabajo, pensando que no se agotaría rápidamente. Sin embargo, a veces no tenía nada para comer, que prefería comparse comida con la señora de la escuela, la cual, había puesto la oferta de dos por uno. Una suculenta oferta que a Virgilio le encantó, pues podría comprarse dos refacciones por el precio de una.

No obstante, un día que llegó a la escuela, Virgilio se vio en el reflejo de los ventanales de la escuela y cayó en la cuenta que ya no era un chiquillo. Ahora ya era todo un jovencito de diesiséis años que, en ese momento, estaba todo mojado por la lluvia. Pronto sería todo un hombre.

De pronto, también cayó en la cuenta que ya no sentía el habitual repudio por las niñas, que ahora, en su lugar, una le gustaba: ¡Bambita le gustaba! ¡Le gustaba la vendedora de la escuela!

Capítulo Siete

"Paletas de Coco y de Naranjas"

"La Bambita"

La vendedora de la escuela llegó como de costumbre, en su bicicleta de primavera con su caja montada y llena de paletas de coco y de naranja. Virgilio al verla llegar, corrió hacia ella con hojas de amor a los veinte vientos y en vez de pedirle la paleta de coco, le dijo que le diera una paleta de miel. Bambita se rio con el chicle en la boca mientras miraba sus labios.

—¡No los vendo!

—Entonces deme un chicle con todo y caja o envuelto en papel.

Bambita respondió:

—¡No hay chicle, solo hay paletas heladas! —luego lo miró con perspicacia—. ¿No comiste en casa hoy?

—No, tengo que venir a comerme esos labios de miel y esos ojos de loco que me vuelven loco.

Bambita se carcajeó.

—¡¿Estás loco!? ¡Tengo veinte y tú apenas tienes dieciséis, todavía eres un niño y estás en la escuela y estudias!

—Me gustas mucho y para el amor no hay edad —respondió Virgilio.

—No sé, pero déjame pensarlo —fue la respuesta de la vendedora. Así que Bambita se quedó con la caja de paletas pensando.

Virgilio regresó a su casa con un poco de pena y de vergüenza por él mismo. ¿En qué momento se le ocurrió la brillante idea de declarársele a Bambita de esa manera? ¿En qué segundo se le pasó por la cabeza decirle todas esas chorradas sobre el amor?

Demonios, ahora cómo se suponía que tendría que mirarla.

Al dia siguiente Virgilio regresó a la escuela con cara de asustado y pensado cómo diantres iba a ver a Bambita o qué le diría cuando la viera a la hora del recreo.

Virgilio pensó y repensó en lo sucedido el día anterior e imaginando que Bambita lo mandaria a cantar la canción del "diez de mayo" cuando lo viera. Pero cinco minutos antes de salir al recreo, como no había timbre ni campana la maestra Vilma dijo:

—El que ya termino la tarea que deje en la pizarra puede salir.

Virgilio no lo pensó ni dos veces y salió del salón con la intención de ver a su amada. Sin embargo, cuando la vio pasar en su bicicleta, no la vio igual. Algo en ella había cambiado por completo y eso le dio un vuelco en el corazón. No obstante, cuando la vio sacar su caja de la bicicleta, corrió hacia ella para darle una mano.

Frente a Bambita, Virgilio se quedó como un tren a dos mil millas por hora viéndola con su carita pintada, su relojito en la mano y sus relucientes pantallas de oro.

—¿Pasa algo, Virgilio? —le preguntó la joven.

—No. No pasa nada —respondió el jovencido, anonadado.

Solo que cuando la vio entrar por la puerta de la entrada, no pudo evitar pensar en las palabras que le dijera el día anterior.

Virgilio se quedó peonsando en la forma en que Bambita lo observó ese día y la manera diferente en la que llegó vestida.

—¿Será que le gusto o no? —se preguntó el jovenzuelo para sus adentros—. ¿Le habran gustado las palabras que le dije ayer?

Aquella incertidumbre le carcomia por dentro. La chica le gustaba, pero no sabía que pensar con respecto a su actitud, pues en casi ningun momento lo volteó a ver desde que comenzó a vender.

Cuando la chica terminó de con su venta, Virgilio se le acercó.

—Tuvista una bonita venta el día de hoy —comentó, queriendo tantear el terreno.

Bambita asintió, mientras recogía sus cosas.

—Sí, me fue bien —fue su respuesta.

—A quién no podrían gustarle tus paletas, si las haces con manos amorosas.

La joven suspiro y, tras terminar de levantar sus cosas, lo miro. Eso hizo que el estómago de Virgilio diera un vuelco y el pecho se le contragera. Ella tenía una mirada profunda que podía ser intimidante, cuando miraba fijamente a las personas.

—Sí, acepto. Pero primero tenemos que ser amigos.

Las palabras de la chica dejarón a Virgilio anonadado, pues le estaba dando la respuesta a las palabras que él le dijera el día anterior.

—Ahora… Tengo que irme —dijo Bambita y le sonrió.

Virgilio observó a la chica con la boca cerrada pues no tenía palabras; lo único que quería hacer era gritar y por eso, solo observó cómo se fue.

Entonces caminó hacia las gradas que estaban afuera de su salón de clases y se sentó. Luego se echó a reir, cuando su cabeza pudo procesar las palabras de la chica que le gustaba.

Por lo menos no me botó del tren en el que estaba, pensó y no pudo evitar seguir riéndose. ¡Ella le dio una oportunidad!

Sin embargo, al día siguiente, Virgilio no fue a la escuela y tampoco envió una nota de justificación, debido a que tuvo que ayudar a su padre a transportar el maíz que habían cosechado.

El jovenzuelo no se presentó durante tres días a estudiar, pues cuando era tiempo de cosecha, el trabajo era mucho más que el acostumbrado y la jornada era larga y cansada. Así que llegó el lunes y, aunque sabía que la maestra Vilma lo haría ponerse al día con las tareas atrasadas, no podía quejarse. No obstante, ese día tampoco podría habla con Bambita, pues la maestra no lo dejaría salir al receso.

Aun así, no pudo evitar mirar por la ventana cuando la chica llegó en su bicicles y cuando esta le devolvió la mirada, las mejillas de Virgilio se calentaron. Entonces, sin pensanrlo dos veces, escribió una nota en un trozo de papel y se lo pasó por la ventana.

Cuando Bambita le respondió la nota, el corazón se le aceleró.

Ella también decía amarlo.

Sucesivamente pasaron los días y meses, pero cuando llegó a las fiestas patrias, Virgilio se encontró nuevamente con los mismos problemas por los que había pasado antes. Sus padres no tenían suficiente dinero para comprarle el uniforme que se usaba en ese día que se celebraba la independencia de Guatemala.

—Hijo —dijo su madre—, como no tenemos dinero para comprar tu pantalón o camisa, toma dos sacos de maíz y vende cien libras.

Virgilio hizo lo que su madre le dijo que hiciera; tomó las cien libras y se fue al pueblo a vender el maíz.

En el camino de regreso a casa, se dio cuenta que tenía un pequeño problema: las cien libras de maíz que había vendido en el pueblo solo le conseguirían sus pantalones. Cuando llegó a casa le dijo a su mamá que le haría falta la camisa y los zapatos, pero su madre se quedó callada y no dijo nada.

En la tarde Virgilio salió a la calle y encontró a Bambita y le dijo que no iba poder ir a las fiestas patrias porque le hasia falta la camisa.

—No te preocupes —le dijo la chica—, yo te los compro.

Al llegar el día de la celebración, Virgilio se puso los pantalones que se había comprado con el dinero que ganó vendiendo las cien libras de maíz, pero cuando estaba terminando de alistarse, su madre entró y le extendió el par de zapatos que eran de su hermano.

—Como el dinero de la venta de maíz no te alcanzó para comprarte unos zapatos nuevos, ponte los de tu hermano —le dijo.

Virgilio tomó los zapatos militares que su madre le extendía y no dijo nada. Sin embargo, dentro de él, no le gustaba utilizar aquellos zapatos pues le seguían quedando enormes. Luego terminó de alistarse y se fue hacia la escuela.

Al llegar, trató de estar cerca mientras se celebraba los actos patrios.

Al finalizar Virgilio se alejó unos cuantos metros de la escuela porque le daba pena y vergüenza que sus demás compañeros y personas mayores que se encontraban ahí, le vieran usar los zapatos grandes de su hermano.

Mientras tanto Bambita trató de buscar a Virgilio en medio de todo el grupo de niños y personas mayores, pero al ver que no estaba por ningún lado, salió del recinto y observó en rededor. Entonces lo vio parando una esquina de la escula y camino hacia él.

—¿Qué haces aquí? —le preguntó.

Virgilio le echó una mirada de reojo y se encogió de hombros.

—Me da vergüenza que me vean usar un par de zapatos que, claramente no son míos y no me quedan.

Bambita se rio y lo izo pararse.

—Quitate la camisa —le dijo y Virgilio la miró patidifusto—. No bobo —dijo—. Ahora ponte esta que te he comprado.

Entonces saco una camisa de su bolsa y se la entregó.

Virgilio no lo pensó dos veces y se cambió de ropa. Eso hizo sonreír a la joven y luego añadió:

Ahora tomémonos una foto.

Y así finalizaron las fiestas patrias de septiembre. Entonces llegó octubre y pronto se terminaba el último mes de estudio para Virgilio. Cuando acabó el ciclo escolar, Virgilio se sintió orgulloso de sí mismo, pues pudo graduarse y dando gracias a Dios, obtuvo el certificado que confirmaba que estaba graduado de sexto primaria. Su madre estaba orgullosa y su padre también.

Ahora, ambos pensaban que Virgilio podría obtener un mejor trabajo de los que había tenido anteriormente y él también creía esto. Así que luego de la graduación, se despidió de la maestra Vilma y de los tres amigos que hizo durante el tiempo que estudió en la escuela y, al día siguiente, se levantó muy de mañana y se preparó.

Entonces, con un adiós para sus padres, se fue hacia la estación del tren y esperó a que la joven Bambita llegase.

En este trabajo tengo que exprimir todo lo que aprendí durante todos estos años, se dijo a sí mismo. Sin embargo, al llegar a la finca donde trabajaría, se dio que su realidad no sería muy diferente de lo que había tenido que vivir durante toda su vida.

El jovenzuelo llegó con el capataz de la finca y este lo recibió sin tanto entusiasmo y luego le asignó un número, el ochocientos cuarenta y cuatro.

—Pasa a la fila para recibir tu machete y tu lima.

Virgilio sonrió de medio lado, sin comprender realmente la veracidad del trabajo para el que iba. Así que preguntó:

—Perdone, pero, ¿qué trabajo me van a dar?

El capataz lo miro de arriba abajo sin prestarle la más mínima intención.

–Es cortar caña, muchacho. Un trabajo que año con año, los campesinos del caserío y del pueblo hacen con amor o resignación, como quieras verlo, por no tener los estudios suficientes o por la falta de oportunidades en otros trabajos.

Virgilio resignado aceptó el número que el hombre le dio. Sin embargo, qué se suponía que haría ahora. Él pensaba con su diploma de sexto, obtendría mejores oportunidades de trabajo. Aún así, no tuvo de otra, ahora tenía otras responsabilidades, como el hecho de llevar consigo a Bambita.

Lo único que lo hacía seguir yendo a trabajar en aquella finca era el amor que le tenía a Bambita, pues después de dos meses de estar trabajando en las cañas, sentía que no podía más. En ese trabajo entregaba toda su energía y terminaba muerto como un tronco; entraba a las seis de la mañana y salía a las siente de la noche. Su cuota de trabajo era hacer cinco toneladas de caña a diario y eso lo tenía cansado.

No obstante, el dieciséis de diciembre, el jovenzuelo se atrevió a pedirle a Bambita que le demostrara ese gran amor que le tenía a él, teniendo intimidad. La joven no lo pensó dos veces y le dijo que sí. Aquel día, después de dos horas, el chiquillo de a penas diecisiente años se metió en un problema sentimental sin siquiera saberlo.

Su madre, sin saber en el problema que se había metido su hijo, recibió con gusto el regalo que su hijo le hizo, gracias al esfuerzo de su trabajo. Entonces llegó el veinticuatro de diciembre y Virgilio visitó a sus padres y les hizo un presente a ambos. Con el resto compró una bicicleta, que era lo que había deseado desde que era niño y también le dio un regalo a Bambita.

Así se acabó diciembre y pronto llegó enero.

Con el nuevo año, Virgilio comenzó a trabajar aún más duro pues quería ahorrar; sin embargo, presentía que algo no andaba bien con Bambita, hasta que un día, poco antes de que terminara enero, esta le dijo que su regla estaba retrasada y que no sabía si estaba embarazada.

Virgilio la observó un segundo, sin procesar aún las palabras de la joven.

−¿Ahora qué hacemos?

Pero él sabía en el problema que se había metido un mes atrás.

−Voy a esperar, tal vez solo estoy atrasado −fueron las palabras de Bambita.

Los días siguieron avanzando y pronto se acabó febrero, entonces nuevamente Bambita le dijo que seguía retrasada; Virgilio volvió a reaccionar igual. ¿Qué harían si ella estaba embarazada?

Ella por su parte, estaba que el sol no la calentaba, nadie podía saberlo, ni sus padres, ni la gente del caserío. Estos eran demasiado chismosos y lo que menos quería era la gente comenzara a hablar cosas que no eran.

−Debes ir con un médico para que nos diga si sí estás embarazada −le dijo Virgilio.

Bambita lo observó y asintió con la cabeza.

−Pero tiene que ser a escodidas −dijo ella−, porque no quiero que ni mi mamá ni la gente del caserío se entere.

El muchacho la observó y accedió, luego le dio un poco de dinero.

Al día siguiente, la muchacha se levantó muy de madrugada y tomando el dinero que Virgilio le diera el día anterior, se fue hacia el consultorio del médico.

La joven mujer espero lo necesario, hasta que por fin, sus temores se confirmaron.

Estaba embarazada.

Bambita tomo los resultados en sus mano y salió de la clínica con una preocupación profunda en el pecho. ¿Qué haría ahora? Sin poder evitarlo, se echó a llorar a una orilla del camino de regreso a casa, pues sabía que sus padres no lo admitirían. Virgilio a penas era un chiquillo de diecisiete años y ella no era más grande que se dijera.

Por su parte, Virgilio no dejaba de pensar en lo que el médico le diría a Bambita; pero no podría salir de dudas sino hasta la noche, cuando saliera del trabajo.

No obstante, ese día no pudo verla, así que a la mañana siguiente se lenvantó más temprano de lo habitual con la intención de poderla encontrar y así fue. En cuanto la muchacha lo miro, corrió a sus brazos y con lágrimas en los ojos le dijo lo que tanto Virgilio temía escuchar.

—Estoy embarazada, Virgilio —le dijo con lágrimas en los ojos—. ¿Qué vamos a hacer ahora?

Pero el muchacha sabía menos que ella qué demonios iba a hacer ahora.

—Le tengo que decir a mi mamá y tú le tienes que decir a la tuya lo que está sucediendo.

Virgilio asintió con la cabeaza y se despidió de Bambita suavemente, luego agarró camino para su trabajo. No sabía si ponerse triste o contento o ponerse a llorar. No sabía cómo explicárselo a su mamá por haberse metido en gran problema a una tierna edad. Mientras pasaban los días finalizaba el mes y empezaba el mes de marzo.

Capítulo Ocho

"¡Me Hice Papa siendo Menor!"

Virgilio sabía que con tres meses de embarazo, pronto comenzaría a notársele el embarazo a Bambita y él no sabía cómo decírselo a su madre todavía. Sin embargo, un día, cogiendo todo el valor que podía, llegó a casa de su madres y se lo dijo.

Felipa se puso a llorar al escuchar.

–¿Por qué hiciste esto, Virgilio? –le dijo entre lágrimas y este se sintió miserable por hacer llora a su madre de aquella manera.

–No sé cómo pasó, mamá –susurró.

–¡¿Entonces por qué no usaste un preservativo!? –le gritó.

Virgilio se encogió en el lugar.

–No tengo ni idea de cómo se utiliza eso, mamá –admitió, sintiéndose avergonzado.

–¡Eso lo utiliza el hombre para no dejar embarazada a la mujer! –Felipa caminó por el pequeño espacio de su casa de arriba abajo, tronándose los dedos y tras unos segundo, se sosegó–. Ahora tendré que ir a hablar con la familia o la mamá de esa muchacha –le dijo.

Al siguiente día, Felipa madrugó y se dirigió a la casa de Bambita a explicarle a la madre de la muchacha lo que ambos jóvenes habían cometido.

Pero al allegar a la casa de Bambita, doña Cuchis, la madre de Bambita estaba muy furiosa. Al parecer Bambita ya le había dicho la verdad y no quería recibir a nadie que fuera familia de Virgilio.

Pero Felipa, sin titubar ni una vez, estuvo ahí parada frente a su puerta para hacerle frente al problema.

Después de varios minutos, doña Cuchis salió y miro a Felipa con una mirada flameante.

—Ya lo sé todo, no me tiene que decir nada. Yo no sé cómo mi hija se pudo enredar con un mocoso y una familia tan pobre que no tienen dónde caer muerta.

Cuando Felipa escuchó esas horribles palabras, se dio la vuelta y se fue a su casa.

En la noche, Virgilio regresó del trabajo y le preguntó a su madre si había podido hacer arreglos con la madre de Bambita. Felipa miró a su hijo y negó con la cabeza.

—¿Entonces? —preguntó Virgilio y esa fue la gota que derramó el vaso de Felipa.

—¿¡Entonces?!, ¡¿entonces?! ¡Entonces, resulta que esa mujer no quiso escucharme! —gritó Felipa al borde de la ira—. ¡Eso fue lo peor que pudiste haber hecho, Virgilio! ¡Y de una vez te digo —le advirtió—, que si te juntas con esa niña, no la quiero aquí en mi casa, ni a ella ni a ti! ¡Tendrás que ver cómo se las apañana!

Al escuchar esto, Virgilio sintió como si un balde de agua fría le hubiesed caido encima. *Que lleve el viento,* pensó. No sabía qué hacer.

Al día siguiente, Virgilio regresó al trabajo y por pura casualidad encontró a la mamá de Bambita, vendiendo jugos en la calle. Cuando Virgilio la vio, se detuvo un minuto y la saludo.

–Doña Cuchis, buenos días. ¿Podemos hablar?

–No tengo nada qué hablar con usted –respondió la doña–. Menos aquí en la calle y si quieres hablarme de lo que pasó con mi hija, tienes que ir a mi casa y traer un testigo o a tu madre.

–Mi madre se fue a su casa y no quiso escucharla –respondió el muchacho.

Doña Cuchis, al oír lo que le decía Virgilio, se quedó callada y este al ver que ella no decía nada, continuó caminando hacia el trabajo.

Mientras pasaban los días, Virgilio estaba más y más preocupado, no sabía qué hacer ni a quién llevar como testigo a la casa de duña Cuchis.

Al salir del trabajo ese día, se encontró con un hombre mudo y le contó todo lo que estaba pasando, este al escuchar la historia de Virgilio, no lo pensó dos veces y golpeándose el pecho y haciendo algunos gestos con las manos, le indicó que él lo acompañaría.

Al día siguiente Virgilio tomó el valor y sin decirle nada a su madre, fue con el testigo a la casa de Bambita para hablar con sus padres. Pero al llegar a la casa, doña Cuchis preguntó:

–¿Y dónde está tu mamá?

–Ella no vino porque no la quisite recibir, pero traje al testigo –respondió el muchacho.

–Entonces, no te vamos a recibir así…

Antes que doña Cuchis terminase de hablar, el padre de Bambita salió e interrumpió a su esposa.

–Quédate, vamos a hablar. Per mañana quiero que vengas con tus padres al atardecer y también con el testigo.

Como el hombre lo pidiera, Virgilio volvió al otro día con sus padres y con el testigo. Sin embargo, en medio de la conversación, la madre de Bambita se levantó furiosa, diciendo:

–Si mi hija no está casada no saldrá de mi casa y si no hay fiesta, menos. ¡Por eso no quería que mi hija se juntara con un indio o con un pelado sin dinero, ni pertenencias!

Los padres y el testigo de Virgilio respondieron:

–Nosotros somos pobres y no tenemos todo lo que usted pide, pero podemos llegar a un acuerdo.

 Después de varios minutos y tratando llegar a hacer un buen trato con los padres de Bambita, Felipa no se quedó callada y salió a defender a su hijo.

–Mi hijo se va a casar, pero sin fiesta. Su hija ya está enseñando y pasando cuatro meses de embarazo y la gente del pueblo ya se dio cuenta. Además, empiezan a hablar porque saben que está embarazada. –Entonces miró a

Bambita–. ¿O no es de mi hijo ese niño que llevas dentro y es de otro hombre y estás obligando mi hijo a que te cumpla? –cuestionó.

Doña Cuchis al escuchar las palabras que habían salido de la boca de la madre de Virgilio se levantó con mirada furiosa, pero no dijo más y aceptó las solicitudes de los padres del muchacho. Con eso terminó la discusión entre los padres de Bambita y los padres de Virgilio.

Mientras tanto, el testigo y los padres de Virgilio salieron de la casa de Bambita, y al llegar a casa, la madre de Virgilio lo llamó y le dijo:

–¡El día que te cases con Bambita, será el último día que vivas aquí! ¡No puedes vivir aquí con ella!

Virgilio se quedó callado y no respondió nada.

Así, Virgilio dejó pasar el tiempo, hasta que llegó la fecha de la boda, pero unos días antes de que se celebrara, este le dijo a Bambita que había tenido un problema con su madre y que cuando se casaran no tenía a dónde llevarla a vivir. Bambita respondió no se preocupara, que ella hablaría con su madre que los dejase vivir en la casa abandonada que estaba frente a la poza de agua.

Finalmente, llegó el día de la boda y Virgilio tomó su bicicleta y se dirigió a la casa de Bambita. Una vez fuera, le hizo un gesto con la mano.

–Subete.

Bambita salió de la casa.

–¿Adelante o atrás?

–Adelante, atrás puedes lastimarte el estómago.

Finalmente llegaron al lugar y se casaron. Una vez finalizada la boda, salieron del registro civil y se montaron de nuevo en la bicicleta del muchacho. Sin embargo, cuando iban a medio camino, Virgilio recordó las palabras de su madre: no podía volver a poner un pie en su casa. No obstante, tenía que volver, pues no tenía nada con él.

–Debo sabar por casa de mi madre –le dijo a su joven esposa.

–No –le dijo Bambita–. Vamonos de una vez, ya comenzó a llover y puede que el río que pasemos haya crecido.

–No tardaré mucho tiempo –fue la respuesta de Virgilio.

Entonces pasaron por la casa de Felipa y, como lo prometiera, una vez que sacó sus cosas, su madre le dijo:

–Llévate aunque sea estos dos vasos de plástico y esta sábana hecha de retazos de tela y no vengas nuca más a poner un pie aquí.

Virgilio tomó en sus manos los dos vasos y la sábana y no volvió más. Al siguiente día al amanecer, Virgilio también tomó sus cosas y las de Bambita y se dirigieron a vivir a la casa de plybo frente a la poza de agua. Empezaron a vivir y a disfrutar de su amor y donde seguía su historia de amor.

Mientras tanto, Virgilio siguió trabajando duro en la caña de azúcar por el amor de su esposa y su hijo que estaba en camino y así pasaron los días y los meses, hasta que llegó el dieciséis de septiembre. Fue un día muy lluvioso y Virgilio no pudo ir a trabajar y Bambita se sintió muy mal. A medida que pasaban los minutos y las horas del anochecer, Bambita ya no podía soportar más el dolor de estómago.

−Lleváme al hospital, por favor −le dijo a su marido.

−¿Es el bebé? ¿Llamo a la comadrona?

Bambita negó con la cabeza.

−No, llévame al hospital.

Entonces Virgilio se levantó.

−Espérame unos minutos, mientras busco al taxista para que nos lleve al hospital.

Mientras el carro estaba en camino, Virgilio y Bambita caminaron por unos minutos para encontrarse con él y una vez que se subieron, Bambita siguió con más dolor.

Cuando llegaron a la puerta del hospital, a Bambita se le reventó la fuente, pero como Virgilio no sabía qué era aquello, se asustó demasiado y al ver tanta agua y sangre regadas por el carro, salió corriendo de este y entreó al hospital gritando, pidiendo ayuda.

Al escucharlo gritar con tanta desesperación, un hombre vestido de verde, se acercó a él con urgencia.

−¿Qué te pasa? −le preguntó alarmado.

−Mi esposa no aguanta más el dolor en el viente y se hizo pipi.

El hombre al escuchar lo que ese muchachito decía, se echó a reír.

−Venga, hombre −le dijo−, vamos a por tu esposa.

Luego, con ayuda de otros enfermeros, trasladaron a Bambita hacia las clínica del hospital y tras dos horas de espera, el mismo hombre volvió a salir y le dijo:

− Ya eres papá, muchacho −le dijo−. Tu esposa ya dio a luz.

−¿Y qué fue?, ¿qué fue lo que Dios nos mandó?

−Una niña, tu esposa tuvo una niña −respondió−. Tu esposa dijo que llevaría el nombre de Alejandra.

−Sí, ese será su nombre −corroboró Virgilio con emoción.

Después de tres días Bambita regreso a su casa a acompañada de su esposo y llevando entre sus brazos a su pequeña Alejandra. Por ser Virgilio menor de edad, fue su madre quien tuvo que firmar a la hora de sacar a la niña del hospital.

Virgilio estaba muy contento con su niña y ahora el amor era más grande en la casita de plybo frente a la posa del terral. Para Alejandra era algo nuevo en la casa y escuchar el viento y la lluvia caer entre más lluvia caja a la posa y se llenaba y empezaba el concierto de ranas. Alejandra al escuchar el cantar de las ranas se quedaba callada sin saber de dónde venía y así era cada invierno frente a la posa del terral y así fueron pasando los días y el tiempo.

Virgilio trabajaba duro para sostener a su familia en la pequeña finca de caña de azúcar y cuando no había trabajo en la finca, mantenía a su familia con siembras de frijol, maíz y tomate. De eso alimentaba su familia.

Eso era año con año, ya que por falta de más empleo y estudio en el pueblo no había trabajo por ningún lado.

Debido a que algunos vivían de la siembra y otros de la pesca, la mayoría tenían que esperar siete meses para volver a trabajar en los sembradíos de la caña. Así que cuando esa época llegaba, la gente del pueblo lo esperaba con ansias.

Con estudio o sin estudio todos eran muy bien recibidos en la finca y esto siempre era medir sus pequeñas fuerzas de sol a sol. Probar el calor que entraba por sus botas de hule y subía por todo su cuerpo, marchitándolos cada día, poco a poco.

No obstante, al espezar ese año en la finca, Virgilio decidió que sería el último año que trabajaría en aquel trabajo.

—Cuando termine buscaré otras oprtunidades lejos de aquí —dijo.

Conforme pasaron los días y el tiempo, ya casi unos días para terminar la cosecha de caña, Virgilio llegó ese día a la casa demasiado asustado.

—Definitivamente este será mi último año trabajando en la finca —dijo—. Con lo poquito que gane, ahorrare para rentar o sembrar maíz.

—¿Por qué? —preguntó Bambita.

—¡Hoy pasó algo que solo a Dios le debemos nuestra vida de todos los que veníamos adentro del bus!

Bambita, bien preocupada con la mano en la cintura quiso saber qué paso.

—Cuando veníamos para la casa, una troca cargada con caña de azúcar, traía una piedra en medio de las llantas y mientras bajaba, agarraba más fuerza y el bus subia acelerando también. Pero a la mitad del camino, la piedra se soltó y entró de frente del autobús pasando por en medio de todos los asientos y trabajadores botando la puerta trasera del autobús.

Virgilio como ya era de costumbre y por la clave del número que le habían asignado en el trabajo a él le tocaba el ultimo asiento. Él siempre pensaba que si pegarían de frente del autobús él se libraría, pero nunca pensó ver pasar una piedra por en medio de todos los asientos. *Cuando termine los días que me quedan de trabajo, voy a ir a otro lado, porque el susto que me metí, no me lo quiero volver a meter,* pensaba Virgilio cada vez que terminaba su jornada.

Pero Bambita no estaba de acuerdo.

–Quedate –le decía–. Ya son los últimos días, ya está a punto de terminar y con lo que te den, podemos rentar para sembrar más milpas o hacer nuestra casa.

Virgilio le respondió:

–Y dónde, si no tengo donde construir. Mi mamá me boto de la casa el día que nos casamos y me dijo que no podría volver a llegar a su casa. Además, escuché rumores de que no me va a dar ni un pedacito de tierra, así que tenego que trabajar duro para construir nuestra casa por mi cuenta.

Finalmente se terminó el trabajo en el corte de caña y con lo porquito que le dieron, sembró sus milpas. Sin embargo, trabajó unos días más en la hacienda limpiando la caña y sembrando palos de hule. Pero siempre pensaba que algún dia podría encontrase otro trabajo diferente al que él estaba acostumbrado hacer.

Hasta que un amigo del trabajo le conto a Virgilio que en un lugar llamado "Triunfo" estaban necesitando personas para granjeros de pollo. Virgilio al escuchar lo que su amigo le contaba, trato de hacer su trabajo lo más rápido y en la tarde corrió a preguntar al Triunfo, si era verdad que necesitaban personas para trabajar como granjeros.

El encargado de la granja le dijo que sí, que efectivamente necesitaban personal, pero para poder contrar, las peronas necesitaban pasar unos exámenes físicos y mentales. También que tenían que tener un récor policial y penal. También le dijeron que debía llevar esos papeles lo más pronto posible a la dirección que le darían.

Virgilio tomó la dirección que el encargado le dio y luego corrió a sacar sus pápele y se dirigió hacia el lugar correcto.

Después de haber pasado todos los exámenes, el abogado le dio el trabajo y le dijo que en dos días tenía que presentarse. Al llegar a su casa, Virgilio le contó a Bambita las buenas noticias. Luego le dijo que tendría que despedirse del encargado de la finca de caña.

–No te vayas, te vamos a dar el mejor trabajo que hay aquí –le dijo el capataz, pero Virgilio le respondió:

–Toda la vida me tuviste aquí sembrando hule y cortando caña. Lo siento, muchas gracias por todo y ahí nos vemos.

Virgilio, tomó su bicicleta y se dirigió hacia su casa. Al día siguiente, fue a su nuevo trabajo. Ese día le enseñaron cómo cuidar y dar de comer a un pollo recién nacido.

De un día, hasta que diera su peso de salida y así era todos los días aprendiendo de la manera correcta. Capacitándose como la empresa lo pedía profesionalmente y así fueron pasando los días y los meses, hasta que cumplió dos años de trabajo. El seguí trabajando a veces semanas de día y a veces semanas de noches.

El trato de ahorrar su dinero de la manera correcta comiendo sus frijoles, su salsa de tomate, despacio pero seguro.

Un día por la mañana, uno de sus hermanos lo mando a llamar y le dijo que su madre iba a repartir la herencia, pero ella no lo estaba tomando en cuenta, así que él había peleado con su madre para que no lo dejase sin nada. Que aunque fuera, le dejara una parcera que le permitiera construir una pequeña casa.

Virgilio al escuchar el mensaje que le mandaba a decir su hermano, corrió hacia el lugar para que le mostraran y le midieran cual sería su pedazo. Después de una semana y unos días, Virgilio y Bambita fueron al lugar que le habían dado a Virgilio. Hablaron y planearon como hacer su casa con el dinero que él había ahorrado en sus primeros dos años de trabajo en la granja de pollo. A la misma vez, planearon tener otro hijo que llevaría por nombre de Mateo y así sucesivamente pasaron los meses.

Finalmente, Virgilio había hecho su casa tal como lo habían planeado. Bambita había quedado embarazada y conforme pasaba el tiempo, Virgilio seguía trabajando más y más duro. Sabía que Bambita estaba embarazada y daría de nuevo a luz. Virgilio quería siempre lo mejor para su familia y por eso se esforzaba tanto.

A fin Bambita dio a luz y le pusieron el nombre a su hijo tal como lo habían planeado.

Mientras tanto, Virgilio seguí trabajando duro. Él sabía que su familia había crecido, así que ahora pensaba y se imaginaba cómo progresar para que no le hiciera falta absolutamente nada a su familia. Un día trabajando de noche al regresar a su casa decidido hablar con Bambita y le dijo que tenía en mente comprarle un molino para moler maíz.

Bambita respondió que estaba bien.

—El problema es que no ajusto el dinero y tendré que hacer un préstamo en la empresa donde trabajo —le dijo.

—Está bien, hazlo —le respondió su esposa—. Solo que hay un pequeño problema, A la hora de comprar el molino y ponerlo habrá que pedirle permiso al señor Pedro, ya que él ha estado por muchos años en la esquina moliendo.

—¿Pero por qué?

—Cuentan las leyendas de todas las personas del caserío que el señor Pedro es espiritista y se vuelve animal y el que se atreve a ponerle otro molino y hacerle la competencia termina en una tumba o su molina se le quiebra en pedazos, por eso nadie se atreve a hacerle la competencia.

Entonces Virgilio respondió:

—Entonces, voy a ser yo quien rompa esa maldición.

—Entonces ten cuidado —fue la respuesta de Bambita.

Después de un par horas, Virgilio se persignó en el nombre de Dios y de la Virgen del Socorro y se dirigió a la casa del señor Pedro. Al llegar lo encontró sentado en un asiento de tabla.

—Con su permiso, ¿puede hablar con usted?

—Sí, ¿cuál es el motivo?

Virgilio respondió:

—Es que estoy poniendo mi molino de maíz y es para mi familia para que no tengan que andar todos los días pisando charcos de agua o tengan que levantarse tan temprano.

—Está bien, estoy de acuerdo —dijo el señor Pedro—, pero con una condición; usted y su gente y yo con mi gente.

Virgilio no lo pensó dos veces, lo miró y cerró el trato.

Al día siguiente Virgilio compró el molino de maíz y su familia se enteró que había comprado un molino de maíz y estaba listo para trabajar.

Entonces se preguntaron que cómo lo había hecho, ya que el señor Pedro no dejaba que nadie pusiera otro molino de maíz.

Virgilio respondió y dijo:

–Cálmense, ahora no tendrán que hacer cola, pisotear tantos charcos de agua o caerse yendo al molino de maíz, ni siquiera levantarse a medianoche con miedo a no despertarse a tiempo para preparar comida a sus maridos para el trabajo.

Y así era Virgilio con su amada familia. Pero cuando las personas ajenas a la familia de Virgilio supieron que él también tenía un molino de maíz y estaba cerca de ellos también decidieron ir a moler el maíz a la casa de Virgilio.

Unos días después, el señor Pedro se enteró de que sus clientes también empezaron a moler en la casa de Virgilio se enojó mucho con Virgilio. Lo malo era que vivían más cerca del molino de Virgilio, que del molino del molino del señor Pedro.

Virgilio lo encontraba caminando por la calle de vez en cuando y lo saludaba cordialmente, pero el señor Pedro no respondía. Volteaba su rostro para otro lado, sin embargo, Virgilio siempre lo saludaba y nunca le faltó el respeto. Con el paso de los días Virgilio siguió trabajando en la granja y fue capacitado para cuidar a veinte mil aves diariamente.

Virgilio, como siempre, trabajaba una semana durante el día y otra semana durante la noche. Esta era siempre la misma rutina de trabajo todo el tiempo. Virgilio como siempre estaba muy emocionado de darlo todo a su familia y esposa.

Hasta que un día comenzó a notar que cada vez que regresaba del trabajo por turnos, los amigos de Virgilio se burlaban de él constantemente como broma y le decían que qué haría si alguna vez encontrara a Bambita con otro hombre.

Virgilio no decía nada, solo se reía y nunca prestaba atención a ese tipo de bromas. Sin embargo, sus amigos se burlaban de él constantemente y porque eran sus amigos él lo aguantaba y siempre se lo tomaba con calma. Pero siempre era así con sus amigos. No obstante, un día Virgilio notó algo en Bambita que no le gustó y le hizo pensar que tal vez sus amigos tenían razón, pero sabía que no había forma de que ella lo lastimara.

Virgilio iba a tener un partido de fútbol y le dijo a Bambita que iría a jugar fútbol, pero Bambita respondió como nunca antes lo había hecho, diciendole que él no iría ningún lado y se fue corriendo a la cocina. Virgilio, para que no discutiera más, se puso a buscar sus zapatos de fútbol que guardaba en su caja de juego. Sin embargo, no pudo encontrarlos; los buscó por todas partes, hasta debajo de la cama y nada. De repente olió un mal olor, como si algo se estuviera quemando y eso lo hizo correr como si estuviera compitiendo en el campo y fue a la cocina y cuando vio el fuego, encontró que sus zapatos de fútbol se estaban quemando.

Virgilio le preguntó a su esposa que por qué lo había hecho y ella le respondió que porque los hombres que jugaban futbol, no le gustaban. A partir de ese día, Virgilio supo que su relación ya no era buena y ya no era la misma y que algo andaba mal con Bambita. Cada palabra que decía a ella no le gustaba.

Virgilio noto que, con cada día ella, estaba llena de arrogancia y todo era diferente en su relación. Virgilio siendo joven y comprometido con sus hijos, hizo todo lo posible para que funcionara su relación: trababa duro para que nunca tuvieran que trabajar ni desear nada y, aunque la rutina de trabajo de

Virgilio consistía en levantarse a las dos de la mañana para moler maíz y luego ir a la granja de pollos.

Hasta que un día en la granja donde trabajaba Virgilio, el trabajo se volvió más complicado debido a los nuevos cambios en la empresa. Había más trabajo y el sueldo seguía siendo el mismo. Muchos de los compañeros de Virgilio comenzaron a retirarse de la empresa porque ya no podían seguir trabajando por el mismo salario. En busca de una vida mejor para sus familias, algunos emigraron a otros países.

Virgilio se quedó unos días más porque hasta ese momento aún no sabía qué hacer. No sabía si dejar ese trabajo o seguir soportando más por el mismo salario. Llegó el momento en que Virgilio no pudo más y un día, cuando se iba a trabajar durante la semana por la noche, se le ocurrió pensar en emigrar a los Estados Unidos.

No dejaba de pensar en cómo podía darles un mejor futuro a sus hijos, ya que con el sueldo que recibía del trabajo que tenía, no le alcanzaba para nada. Creía que si se marchaba, no solo podría darles una mejor vida a sus hijos, sino que también corría el riesgo de perder a su familia. Además, su mayor deseo era ayudar a sus padres.

Ese día saliendo del trabajo se fue a la casa de su madre y con esa fuerte mentalidad, llegó con la idea de pedirle prestadas las escrituras de su terreno, con tal de conseguir un préstamo para poder costearse los gastos del viaje para Estados Unidos con la esperanza de poder mejorar su vida y la de su familia.

Cuando su madre escuchó su idea, se quedó en silencio. Pero luego accedió.

—Esta bien, hijo —le dijo—, pero no te olvides del tus hijos.

Virgilio se puso tan feliz, con las palabras de su madre, que se acostó a dormir cuatro horas lleno de alegría. No obstante, al día siguiente, renunció a su trabajo en la granja. Luego volvió a su casa y le dijo a Bambita sobre la nueva decisión que había tomado. Sin embargo, esta le respondió que no le importaba lo que hiciera.

Virgilio alistó la maleta que se llevaría, al mismo tiempo que no dejaba de pensar en cómo iba a lograr todos sus sueños y metas para él y para su familia. No obstante, después de tres días, cuando volvió a casa de su madre y le pidió que le prestase las escrituras, esta le dijo que lo sentía mucho, pero que no podía prestárselos.

—Tu prima María vino ayer con un hombre y me dijeron que les prestara la escritura de la tierra y que él me podía dar el doble de lo que tú me darías. Eso es lo que me dijo tu prima María y si quieres irte, ella te prestará la escritura de su tierra.

Virgilio no podía creerse lo que su madre le decía, que le hubiese prestado sus escrituras y que luego se negara. Eso lo dejó demasiado decepcionado, pero sobre todo triste, pues nunca creyó que su madre preferiría a ptra persona antes que a él.

—Pero mamá —dijo—, ¿por qué María trajo a ese hombre aquí, en vez de haber sido ella quien le prestara sus escrituras?

Pero Felipa no dijo nada, en vez de eso bajó la cabeza.

Entonces Virgilio sintió que el mundo se derrumbaba bajo sus pies de vergüenza y se sintió estúpido. La angustia de que las cosas se complicaran comenzó a imvadirlo, pues no solo perdía la posibilidad de irse, sino que también había renunciado a su trabajo.

El joven hombre trató de conseguir un préstamo en otra parte, pero no pudo y cuando vio que no podía encontrar a nadie que pudiera prestarle el dinero. Se sintió tan triste, trastornado y desesperado que no le quedó de otra que ir a la casa de su prima María a preguntarle si podía ser ella quien le prestase su escritura, ya que su madre Felipa le había entregado la suya al hombre que ella le llevase.

María le dijo que sí le prestaba su escritura, pero que a cambio quería el diez por ciento de interés, más sesenta mil quetzales.

—Esta bien —concedió Virgilio—. En un año te pagaré el préstamo.

Virgilio estaba convencido de que le iría bien, pues escuchaba lo que decían otros sobre lo bien que les iba en Estados Unidos, sobre la buena vida que se daban y sobre el sinfín de posibilidades que tenían en aquel lejano país para poder sacar a sus familias adelante. Y eso era lo que él quería: darles una buena vida a sus hijos, ganar mucho dinero y salir de las carencias que tenían.

Virgilio salió de su casa ese día de madrugada, sintiéndose triste al despedirse de su madre Felipa, su padre Domingo, de sus hijos y de Bambita. Se fue sin mirar atrás, solo pensando en darles un mejor futuro a su familia, sin pensar en los riesgos que correría en el camino o perder su felicidad para siempre antes de llegar a Estados Unidos.

El Fin

En 2021 apenas y empezaron las aventuras de Virgilio,

Con las bajas y las altas de la vida; la traición de Bambita y más.

Está al pendiente de mi próximo libro, porque apenas empezamos la aventura.

Escribe a

www.vyaxon.com